重慶情書

張新波 著

公子歌作品

重慶情書@公子歌

欢天喜地

一座城市和她的裸照

張新波@公子歌紙本電影 作品

想當初 我準備披一身雨
等一個人出現
可你來的時候
竟然是大大的太陽
於是 解放碑的投影
就落在了我心上
火鍋燒開了沉睡已久的愛情
也沸騰了一顆不老的心

終於知道
我還是一個有心事的男人
對你說愛
心情是落雨的感覺

早安！重慶。早安！丫頭

目錄

B·82J67

重庆出版集团

窒息不需句讀

公子歌每天在微信上發佈一則文字，引來不少語言愛好者的關注，不少人從其文字的組合裡感受窒息，這種感覺引起審美問題的思考，文字是為理解的表達還是為身體的感覺，即便公子歌百米衝刺的文字仍有其目標，讓讀者意會其內心所感，但公子歌的文字顯然是讓讀者先感受窒息，然後等到慢慢緩過氣來之後，細究文字包含的意思。窒息是其語言的形式，閱讀起來有百米衝刺的緊張感，可品味字與字之間、詞與詞之間交合錯亂的組合關係，它改變約定俗成的秩序，我們已厭倦從熟悉的審美感受不到意外驚奇的閱讀，就像固定的一成不變使我們感到乏味，公子歌的文字處理類似從不同的體位體驗超乎道德的快感。當我們已不需要功能性的時候，快感的滿足就成為最終的目的。公子歌的語言形式處理，在理解層面帶來閱讀的不適感，總以為到了終點，其實終點連著另一終點，以為爬上山峰，到了山頂才意識到是另一山麓，順著形容詞的線索爬到另一形容詞的蹉跎，閱讀的不適感激發非同尋常的體驗。忽然想到古代文字的句讀問題，古人思考問題很古怪，不知道這個問題不能與那個問題攪得太緊，另一種可能，是刻書的人無功夫刻標點符號，還有一種可能是先有文字尚未發明逗號。古人其實很逗，讓讀書人從中玩文字遊戲，可這樣理解亦可那樣領會，誤讀是難免的命運。字裡行間隱藏著深意，不同的句讀出現截然不同的含義，詩言志，歌永言，游於藝，遊即是玩，玩味的意思。古代的文字不是說明文，而是文學形式的作品，是精神的表達方式。上世紀的英國作家詹姆斯・喬伊斯，寫過一部誰也無法真正理解的傑作《芬尼根守靈夜》，其句子不像公子哥那麼沉長，卻刻意破壞約定俗成的語言邏輯，讀來有種陷入困境的迷茫，因陷入感覺其偉大。

約定俗成的表現手法陷入感性平庸的困境，語言錯亂的處理可激起潛在的誤讀，誤讀是差異的理解，誤讀擴大想像的空間，語言秩序通達清晰的條理，語言無條理通達內心的情緒。當文字記錄生活的現實狀態時，我們其實無法接受其嚴酷的真相，公子歌有意回避現實的嚴酷，他希望我們從語言窒息中誤讀，悟得和緩的快樂。語言不須歸途，無斷句的文字類似不設路標的路途，預設無限的閱讀可能性。

可以想像將文字裡的逗號去掉會是多麼好玩，字裡行間出現無限的可能性，特別是公子歌表述的內容裡，遮遮掩掩情意的故事，誰知道是他的故事還是別人的豔遇，即便熟透的成人，從不放棄豔遇的故事，人類在這方面的求知欲望從未泯滅。公子歌是善於講故事的能手，他總是藏頭掖尾，從門縫裡瞅見不可能的可能，看到豔女的胸，斷然頓住，欲火躥騰而起，類似章回小說裡的「欲知後事如何，且聽下回分解」。所有感性雜多被公子歌彙聚在其語言形式之下，這就是康德的「自我，自我意識的統一，即是很抽象，又是完全無規定性的」，康德的自我意識在公子歌的文字上表現得淋漓盡致，其自我意識隱藏在文字的背後，甚至不留蹤影可尋，我們只能從他的文字感受生活的變化，雖生活並無轟轟烈烈的震撼，亦無波瀾起伏的故事情節，經由公子歌的語言處理，其文字變得纏綿委婉跌宕起伏，我們可沿著文字走進他的內心，在世界的表像與內心之間，有不可認知的意識本體，公子歌採取猶抱琵琶半遮面的書寫方式，總是不去觸及意識本體。所有的文字，所有的情懷，所有的思索都圍繞這個意識本體，每天為她脫去衣裳又穿上，穿上又脫去，每次帶著渴望期盼她脫光，每次留下遺憾等待明天再來，這種雞肋式的創作手法，播撒無限的純情豔遇，每天為無限的遐想奔赴無聊的生活，期待公子歌再次從無聊中抽取誤入藕花深處的驚豔。

文學表達不是認知，亦不是文字遊戲，作者從感性雜多的表像中拾掇內心的表像，為內在的意識本體編織絢爛多姿的感性衣裳，拾掇與編織是篩檢程式，過濾雜多的偶然性，過濾生活的平庸，語言的純粹過濾欲望的膨脹，回歸內心純美的詩意狀態。

黃永生　貳零壹陸年肆月貳拾壹日於紅數康橋

（黃永生，中國美術家協會會員，福建省美辦水彩藝委會副主任，福建省美辦水彩畫會副會長，廈門水彩畫會會長。）

电话6370

ELAND

当心夹手
5777
6666

格力
让世界爱上中国造
中秋国庆特别回馈专场
精品空调1899元起

023-68805241

再見你依然是那種心跳的感覺

重慶直轄那年，我被單位派往山城採訪一系列相關活動。動身之前，領導語重心長地和我談了一次話。中心意思是那個地兒美女雲集，一定要立場堅定地抵禦資產階級思想的侵淫，更需旗幟鮮明地做到拒腐蝕，永不沾。

對於上司的殷切期望我不時地點頭表達一定不負眾望的決心，與此同時心靈深處不斷地閃現出一個女娃兒的美麗臉龐。在飛往重慶的航班上伴隨著飛機由於氣流而引起的顛簸心潮起伏，我想到重慶一定要見見她了。

她是誰？我是全無所知的。但是這次重慶，卻給了我一個清晰又模糊的概念。

我有意識也是下意識地把在重慶最初的落腳點選擇在解放碑的揚子島酒店，並且若有所思夾雜著心懷不軌要了看得見解放碑的 2509 房間。放下行囊我站在落地窗前俯瞰解放碑廣場好一陣子發呆，回過神來，下到一樓圍繞解放碑鬼使神差地開始打望起來。

有幽幽的脂粉味兒蕩漾於潮濕的空氣中源源不斷地沁人心脾，腿長腰細屁股大臉蛋兒生得小乖小乖的美女在我身邊摩肩擦踵。早就聽說這個地兒三步一個林青霞五步一個張曼玉，不挪窩兒就神奇地邂逅了無數個潘金蓮和小鳳仙。

請允許我再想入非非一會兒。抬望眼，我對解放碑的肅然起敬油然而生出一種莊嚴的崇拜。突然感到的惴惴不安令我不由自主地反思剛才的行為舉止是不是有點兒辜負了上級的期待，於是我趕緊把自己端了起來。

那一年，重慶的江水很滿。解放碑還是廣場上最引人矚目的建築。

那一年，朝天門的棒棒成群結隊，觀音橋一拖二的火鍋很便宜也很實惠。

那一年，五里店的老媽蹄花吃得讓人流口水，黃泥滂塵土飛揚把道路兩旁的植物都染上了厚厚的一層灰。

風景在人體上

我們通常由於愛一個人而愛一個城，即所謂愛屋及烏。

重慶直轄過後很多年我再回到重慶自然想起了她，於是想方設法聯繫到了她約在了我們第一次見面的老地方。

她如約而至，在朝天門廣場。

等人的時候我望著兩江交匯處好一陣子發呆，想像她與我見面種種可能的表情與動作，但事實上這種自作多情很快就被現實的含情脈脈將四目相對彷彿環境被抽成真空時間也驀地凝固的情緒百感交集成一觸即發的衝動擁抱。

她哭了，淚流滿面。

我感覺她的兩行涓涓細流宛如眼下對流攪動的江水，當現場的同期聲再次回到現實中來時，我倆已經在層次分明的階梯揀了一個被歲月打磨得包了漿的臺階坐下。如果用電影的鏡頭語言來呈現，畫面一定從我們正面特寫的臉譜拉成遠景然後搖到身後全景虛化的朦朧仍然能讓人看得出粼粼波光畫外音也漸漸人聲鼎沸成濃郁的方言。

像我這樣一個單身男子在還沒有修煉成漢子的過程中經常會將恬不知恥理解為追逐女生的第一利器，因為年少無知的含蓄內斂幾次三番眼睜睜地看著自己心儀的女生成了別人的女郎。我始終傻了巴嘰地認為，愛這個詞不說出來更好。後來才明白自己還不是一個純粹的二貨，你不說人家還以為你傲慢自大得高不可攀。分析起來本質上是自己愛的懶惰，所以關於你錯過的追悔莫及也是活該。

我確實忘了我和她之間是怎樣捅破一層窗戶紙的極有可能完全落入了俗套先觸情生情卿卿我我然後順理成章地將面對彼此的裸身當作自然而然在後來的回憶中只記住了一個美麗胴體至於某個令人興奮異常的局部接觸也隨著時間的推移模糊的快

感也無法用語言一一準確地描述曾經挖空心思幾次三番回味裸體失意或詩意的安慰都因一瀉千里而搞得大煞風景。

風景在哪兒？

風景在人體上啊。

發現一對活蹦亂跳的乳房

夏天的早上，重慶的天比北方亮得並不多要晚一個多小時。我喜歡在這個時間摸黑趁著解放碑空無一人從廣場出發深入大街小巷裡轉，順便看看周圍的建築。儘管一些高樓大廈都比解放碑長得高，但是在我心目中高大的形象一直是那個堅忍不拔的圓柱狀物體。

解放碑像個男根已經是許多人心中的默契，尤其是從我居住的房間觀察這種只可意會不可言傳其概念就更加堅定不移。其實我也不曉得為什麼我第一次來重慶就鬼使神差地要求一間看得見解放碑的房間，也許我這個外地人根深蒂固的潛意思裡只有解放碑才是徹頭徹尾的重慶象徵。而我一次又一次欲與解放碑接近的衝動思想根源起初不是因為它像那個東西而是絕對由於抗戰勝利紀功碑的正統認識，也因此勃起的意義也不算是牽強附會的徒有虛名。

有早起的棒棒和老人偶爾與我擦肩而過，好像人們都還沒有睡夠眼睛裡流露出的意思也大同小異地閒適慵懶。只有穿著打扮一眼就可以讓人看出來從事特殊行當的美女在拂曉的蒼茫時分中匆匆忙忙，女人身上的裸露肉的部分持續發展其鏗鏘的誘惑不由得令人聯翩浮想。我在一個街的拐角剛剛打開的小麵館檔口前停下了腳步，眼瞅著店家把水煮沸將麵條下鍋我吃了個甜嘴麻舌也算補給了一下夜晚激烈運動而消耗掉的能量。

回到揚子島酒店 2905 房間時她還在蒙頭睡得正香，聽見我進屋的動靜嘴上嘟囔好像是一句你到哪兒去了眼睛都不睜就張開雙臂緊緊地抱了我一下然後接著倒頭大睡。我一時半會都沒有從她打開胳膊時看見的兩隻活蹦亂跳的乳房的影像定格中回過神來，極度深情地把手伸進她的被子裡順勢撫摸她光滑的軀體最後在其滾瓜溜圓的臀部停了下來悉聽尊便地感受她纏綿的體溫。

後來，她評價我還是那樣淩厲的霸道，竟然將她堵得嚴嚴實實。

你是個壞人

現在，我們都逐漸把自身從獸的模型重新調回到了人的制式。

在經歷了相當一陣子類似獨角戲一樣的糾結與纏綿之後，她終於決定起床將裸體曬在潔白的被子之上稍作若有所思狀後翻身滾到了床邊兒挪動懶散的步子行至落地窗前停了下來對著窗外開始發呆。

給我一個背影，可以從這個角度盡情地仔細欣賞女人。她的長髮如同黑色的瀑布勢不可擋地傾瀉於其光滑如玉的美背上無序鋪張不安分的零亂貌似野蠻又顯得別有用心地混搭在其腰與臀結實的連結之處。屁股強有力地向上提起髖骨有些誇張的女人總會令人聯想到生生不息，她兩條直溜溜的玉腿之間不經意的空隙正好透露出天光而解放碑的頂端正恰到好處地出現在這個位置窺視其滋潤的毛茸茸的花蕊深處並試圖向進一步探頭探腦追索點燈熬油耗盡一生都不可能弄清楚的秘密和意義。回過頭，她溫柔地對我說話。「你，還是起得那麼早。」

「是的。」回答時我一直盯著她目不轉睛。她似乎察覺到了什麼有點兒不好意思地臉上泛起了紅暈：「你剛才好像拍了我的照片？」

點點頭，我表示默認。

「我想看。」

「沖出來給你。」

「你是個壞人！」

「我挺好的。」

男人不壞　女人不愛

俗話說，男人不壞，女人不愛。

我不是一個好人，也不是一個壞人。我不會一本正經或一本不正經，我應該介於好人壞人之間。這樣說來我就是一個正常人了，不過我也絕對相信當一個女人嬌嗔地說你是一個壞人時內心裡實際上是在表揚你的好，所以我覺得自己挺得意的。

當夜的紗簾從城市的邊緣不知不覺地掀起之後，我發覺這是一個難得的好天氣。這時走在山城囂張的坡坡坎坎的街道上每一步都要使勁兒地調動渾身上下的活躍細胞，從解放碑經過黃花園大橋到江北的觀音橋一路暢通無阻沿途所見也彷彿一筆勾銷的塵土飛揚。中午隨便揀了一家路邊店與幾個不認識的人一起玩了一把九宮格的火鍋遊戲，大家各吃個的貌似井水不犯河水但是火鍋的底部卻你中有我我中有你類似搞破鞋偷情似地刺激，本地人覺得這樣稀鬆平常但是對於我這個外來客而言絕對感到耳目一新。

買單的時候便宜得出奇我問服務員是不是算錯了，那個打重慶偏遠山區來的眉清目秀的小妹妹急忙解釋一點沒有多收錢。我知道她誤會了我的意思，於是對她講沒有說你多要錢，你看看是不是算錯了帳把錢要少了。她聽明白了之後再三說明確實也沒有少收錢，那種純樸善良的表情讓我立竿見影地感到有一股暖流源源不斷地湧上心頭，同時發覺這個女娃兒的含蓄的妖嬈套用今天時髦的話來講就是悶騷的意思，我想你也知道了我要表達什麼了吧。

突如其來的自責並非無緣無故，當我酒足飯飽行走在建新東路坡上的時候不禁想起了領導的諄諄教導和殷切期望。在我還沒有大張旗鼓地開展工作之前就迫不及待地搞起了魚水之歡而因此極有可能就做出讓親者痛仇者快的事情，這時我從骨子裡蔓延滋長出一種對自己徹頭徹尾的厭惡情緒，恨不得找個沒人的地兒狠狠地抽自己幾個大嘴巴。可轉念一想愛美之心人皆有之我這樣的行為舉止應該歸類不到耍流氓那一堆兒，再上綱上線一點兒也差不多就是舊情複燃要將愛情進行到底的小資情調在調情的過程中忘乎了所以。

所以，這樣一想感覺自己又是一個正經人了。不過剛剛我真的想過要痛改前非，儘管在今天看來我在重慶的表現也算不上生活作風問題。

不管你信不信　我反正是不信

我們過去所有的光榮與夢想其實都是在某個特定歷史階段扮演的一個角色，問題在於沉湎於角色之中的並不只是你我的芸芸眾生把這種徒有虛名拼命地發揚光大進入了幾乎自不量力的狀態。人們自以為是的存在感似是而非地擔當著神聖使命事實上卻在一個約定俗成陳舊腐敗的系統裡自不量力自我膨脹起來，時過境遷的自我檢討也自編自演成一出自圓其說結局十分倉促的戲劇。

重慶是被稱之為山城的一個立體舞臺，山與城的自相矛盾竟然可以在這裡得到寬宏大量的相提並論。置身於山中對城的理解不論多麼顧全大局也只能在點線面構成的某一個著眼點上讓你大展宏圖的雄心壯志變成一廂情願的自作多情，偶爾把自己拔高在航班上試圖望穿江水卻無可奈何這裡煙霧繚繞營造出來的神秘兮兮令人將信將疑有出類拔萃美人兒讓好色之徒享盡了豔福。

重慶有美女，美女在解放碑。

多年之後這種言之鑿鑿不可動搖的說法被徹徹底底地顛覆於江北的北城天階據說在解放碑你看到的多數都是心領神會並且不可告人地朝拜那根玉柱的打外地來觀光的風流娘們兒或是產地為重慶郊縣尚在脫貧與脫俗過程中糾結的丫頭片子而真正原汁原味乖乖的妖嬈的山城妹妹則選擇在一個有大太陽的午後約上心儀的小鮮肉或老男人手執一杯算不上太講究但也不會掉架的咖啡架起二郎腿用性感的嘴唇吻合一根意義非凡的吸管拋出神出鬼沒的眼神兒保管你骨酸肉麻然後審時度勢地將愛與哀愁和盤托出讓你黯然銷魂著魔於她的幽幽暗暗反反覆覆關於愛不愛她的火爆追問中不能自拔。

不管你信不信，我反正是不信。

在一個酒席上一個和我一樣多愁善感並且是德高望重的老同志也不無戚戚然感歎重慶的美女不如從前多了究其原因一是這個城市比沿海一帶開放得晚些美女都跑到有錢的地方去了二來是隨著有權有勢的人越來越多美女都被包養成了二奶或小三兒第三點就是由於本地的雜交優勢不再因此青黃不接的惡性循環不可避免我聽他的高談闊論也有點兒心悅誠服了於是多喝了幾杯白的趁著酒勁兒在夜幕的掩護下從接近解放碑的一個巷子口也就是現在臨江門地鐵站有美美百貨的那條道兒上端起手機打開連拍模式橫衝直撞地向解放碑挺進一路風景和夜色下的美人兒統統攝入鏡頭直抵解放碑的根兒底下讓自己的心潮起伏漸漸平靜下來。

我就像一個擅自闖入這個城池的漫遊者當年我就這麼認為，現在要把支離破碎拼接起來找到時間與空間的因果關係。

是時候了……

曾經的重慶難為了山水

忘記了是哪一回憂鬱的撫今追昔讓我陷入了深入淺出的睡眠中任夢境恣意地編寫橋段，在我的眼前是一片比如星漢燦爛的天河此時此刻我正站在南岸的山頂上縱覽燈火輝煌的山城。我尚處於年輕的歲月中還沒有學會憂心忡忡也所以暗無天日裡的豁然開朗不容置疑是由於眼前的一片縹渺虛幻的黑色背景下的點點亮色的聚陣，記得當時她就在我身旁大家各想個的好像同床異夢那樣稀鬆平常。

有一天夜不太深的時間我行至建新東路一個口子突然有一輛小汽車從我面前疾駛而過折了幾個跟頭在不遠處翻了車，然後我看見駕駛員從被摔得變了形的車廂中爬了出來竟然毫髮無損。很難相信這突然發生的一幕也不曉得意味著什麼多年以後想到驚心動魄的情境仍然歷歷在目，當時重慶路上的車不多夜晚的也顯得清冷不像現在這樣一天到晚都沸沸揚揚得沒完沒了像個永遠不知疲倦的頑童。

那年我走出江北機場一隻腳剛剛踏上來接我的車時那輛車就起動了差點兒把我帶了個跟頭，當時我就想莫非我在這個地方註定要磕磕絆絆後來事情發展的有些不盡人意也讓我深信不疑象徵的寓意。不得不承認我是一個晚熟的男人是重慶的山山水水讓我終於修煉得平心靜氣雖然有時也隱約地滋生出東北的脾氣，但總的說來我已經逐漸學會了在隨遇而安中孜孜不倦地執著於自己的喜歡。

看山是山，看水是水。

看山不是山，看水不是水。

看山還是山，看水還是水。

解放碑的天空上飄揚著長長的大白腿

我經常在半夜三更莫名其妙地突然醒來下意識地掀開透明的窗紗將解放碑看個究竟，這個狀如不安分象徵物的東西在微弱光線的籠罩下維妙維肖得尤其堅強有力。圍繞其四周的暗色蔓延開來彷彿鞠躬盡瘁的樹影盡力盡責護衛其突出的性格。不知道是不是還有和我同樣的感覺的男神或女優默契地殊途同歸，深入骨髓地體會到了生命類似點燈熬油孜孜不倦的燃燒帶來命裡註定的寬慰。

倘若有耐心在一個清早守候天亮的過程中悉聽尊便地觀察解放碑潮漲潮落的人流，你會發覺所謂漫長不過是在等待某一個結果時間裡的焦躁不安。有時候我也將自己想像成另外一個與個人毫不相干的旁觀者，看著他做出的種種高尚或猥瑣的動作統統給予寬宏大度諒解。就像我在某個鬧市路口或公共交通工具上看到一個並非喬裝打扮而是因為先天不足帶來禍患的乞討者，打心眼裡表現出來的慈眉善目盡力而為地幫助他們從來沒有在頭腦中閃現過施捨的居高臨下念頭。

任何一場經過精心設計的性生活都很難達到預期的高潮恰恰是某些不期而遇的寬衣解帶讓人深深陷入欲仙欲死的完美風暴中不能自拔。飄雨的解放碑我看見許許多多撐傘的人匆匆忙忙在雨中疾步行走，只有我一個人在宛如天空被紮漏成無數個細密的針眼做成的噴壺灑下的甘霖中愜意地散步瞻前顧後左右逢源美女長長的大白腿欣喜若狂於大飽眼福帶來的快感讓霧氣浸淫於身體的每一根汗毛孔的底部再恣意地鑽出體外比如渾身上下塗層了類似高潮引起的如膠似膝。

好像裙子這種為很多地方女人青睞的服裝根本不屬於山城的風流娘們兒，她們統統身著短褲亮起大腿晃動被素色棉布包緊的屁股劍拔弩張極盡誘惑之能事地挑起一樁樁情色事端。而她們手裡的那只傘我竟然將成幻覺成一支色彩鮮豔的辣椒在密不透風的蒼穹下招搖過市，山城女人的明智之處就在於從發育成熟那會兒就渾然天成了嘹亮的叫床而不像某些老女人等到絕經了才想起要進行一場轟轟烈烈的戀愛。

去年冬天就精心策劃的那場人體盛宴不曉得會不會在今年的夏天修成正果我也知道女人更明白人生易老天難老所以大家都想清楚了任何一個男人都不會一門心思地鑽一個洞口就像重慶輕軌出來進去的快感都不重複於同樣的風景所以才萬種風情但是人生的宿命極有可能就讓你守著一個你愛不起的人在熟悉的陌生中得道成仙關於愛不愛的問題也不再追究標準答案。

飛機失事，長江沉船，喝涼水都可能塞牙縫……

想開點兒吧。

那個姑娘身上穿的是民國老布

我怎麼就覺得我是在扮演著某個角色在這個世界上任性地晃蕩，在我的眼前飄移的人們全都一絲不掛而所謂美人不過是由於歲月和經歷組成的審美眼光將其固化為自以為是的俗氣定義。有酒精燃燒的夜晚對他們我打開話匣子講述了一些我所經歷的不為人知的秘密，比如在更早的時間我踏上飛往重慶的航班帶著的相片因為半透明的包裝被人輕易一眼看破真相被請進頭等艙裝了一回大尾巴狼至今提起被他們續上一個神秘人物的命運反覆，其實我所見證的歷史無論如何都只是一個片斷的局部，這樣一想就覺得生命中的分分秒秒都沒有被浪費而時光迴圈往返一個又一個白天黑夜之後從夢裡醒來的肉身或從睡眠還原的現實都讓我們以隨波逐流的狀態罐子破摔。

北城天階讓我的失望一定是因為他們的講述過於渲染了美女的質數儘管身臨其境的時候我記憶裡還是翻篇兒到了若干年

前仔細對照街道的名稱力圖找出當年的蛛絲馬跡因為它們的確影響了我後半生的審美情結，我現在可以堅決反對你們關於江北的美女比解放碑更多的奇談怪論了因為眼見為實耳聽為虛但是我還是耳目一新於觀音橋的變化當我從輕軌的地下通道爬上來之後被潮濕的空氣包圍突然就覺得騷味兒逼人並且帶有某種淩厲的威脅讓你不能自已地將生活作風問題發揚光大於胡思亂想中也在後來傍晚的飯局上大言不慚關於戀愛的奇思妙想其實你就是睡了一個賊心不死惦記良久的女人突然在她脫光衣服的刹那感覺不如想像得那樣美好了也要反過來強暴自己一把。

在絕對孤獨和大失所望的心理驅使下我就像一個洩了氣了行屍走肉一樣從一個龐大體量的建築物中脫穎而出但也並非一無所獲在一排排歷史塵埃中揀到的一個沙漏做成的繁體字書本讓我竟然有點得意忘形在穿過一條車水馬龍的下坡道拐角處突

然出現了一個白淨淨的長腿美女吸引了我的眼球讓我情不自禁地跟了上去本來我想拍下她的面目表情突然發覺其身段比臉更加耐人尋味於是放棄了所有用手機影像佔有她的念頭一門心思地尾隨至大融城門口就見她突然不見了正當我萬分沮喪隨大溜邁著失魂落魄的步子走下通向輕軌月臺的樓梯之際驀地從逆向的扶梯上緩緩滑下來一個眉清目秀皮膚細膩的姑娘更要命的是她的衣著就像我剛剛看到了一塊民國老布韻味十足。

你在城市看不見的裸照　我看到了

現在，我可以對你談談裸照的問題了。

我沿著北濱路冒雨行駛通過北濱一路行至無路可走的時候其實是在提醒自己拐彎抹角，路上所見的風景由於雨水的滋潤那些建築在山上的樓房被勾勒出來的輪廓起伏錯落地構成一種別樣的長卷。這個城市的濕潤讓衣服和身上在雨水充足的日子裡尤其保持著和身體關聯的黏黏糊糊，就像男歡女愛達到高潮彼此不離不棄的大汗淋漓以及由此而產生的在膚質上粘連一樣依依不捨。

感覺重慶這個城市的裸露並非是我今天的重大發現，還是要說起當年我經過黃花園大橋從江北到渝中區的沿途竟然多半是岩石與擺放隨意的房屋。重慶的男人女人的穿著打扮也不過多地修飾曬胳膊秀大腿已經是日常習慣，那陣子山城的棒棒隨處可見他們挑著擔子走街串巷不像眼下只是在市中區的某些繁華之處看見他們無所事事地呆若木雞像是任重道遠地展示一個活化石。

我從煙雨朦朧的空氣中鑽出來突然發覺雨過天晴陰雲被撕開了一道縫隙透露出藍天的乾淨色彩宛若你解開了一個女人的外衣露出局部誘惑的內在，我坐在一輛計程車的副駕駛位置上掃街興高采烈於晴朗天空讓午後的光線傾瀉於眼前的風光無限而盎然裸身的各種名目的跨江大橋也勾勾搭搭在兩岸敘說千絲萬縷的聯繫。我在逆光裡徹頭徹尾地感受到了一座城的重量以及不同尋常的質感也在揚子島酒店的觀光電梯上看見了一架正在飛越解放碑上空的飛機想起也曾經從那個角度領略過山城的萬種風情。

彈子石福民路上的旺光園火鍋終於讓大家都吃得個嘴麻心燙，據說皈依了佛門的姑娘一再強調不飲酒了但是隨著火鍋沸騰終於沒有忍住露出能喝的真實面目。難得有人試探愛情在清風習習的夜晚滴酒不沾也沉醉地含情脈脈，在歸去的路上大家不約而同地選擇了一條有風景的老街那個嘮叨的小娘子還是喋喋不休端的是十分陰柔莊重令追逐她的男人再一次感到了由衷的自卑與此同時做出了更加使勁兒的超越決定。

我看到了你拍的裸照其實女人無論如何對自己的身體都不如男人那般下得了狠手關於捆綁的意義在於臉上的表情是一種享受的渾然天成也不會因此而感到任何痛苦本質上講人的動物本性更接近真實而在這個虛頭巴腦的社會人們似乎都覺得偽善的面孔更加講究所以我更願意沖著一個溫潤的身體發呆充分發揮自己的想像力拋卻那些醜惡的自以為是的嘴臉。

我看著你，正望著我，誰知進進出出是無邊的空虛。

就在這兒的空間裡……

那些來來往往的都是急著要趕去做愛的人或不是人

我關於時間的憂鬱在人到中年之後愈演愈烈有時不免讓自己陷入宿命的誤區，對於空虛的理解也從一個又一個滾燙的身體逐漸變得不冷不熱之後深入持久地機械動作也以歸去來兮的心境從容不迫欣賞其面目曲扭裡蘊藏著的美不勝收。有一次我手執相機以一種不明不白的心理狀態拍下了身底下陶冶情操的若干瞬間即逝不妨稱之為愛情表情卻是由於實實在在操縱下的高瞻遠矚，在這個意圖並不十分清楚卻是完全可以解釋為蓄謀已久似戰鼓催征人快馬加鞭超越的年輕時代感性的神秘捕捉而積極主動地參與並分享了對身心美的賞心悅目。

完全是呢喃的下意識重複不拍了吧的請求也顯得有氣無力和詞不達意實際上的半推半就更加激情澎湃地迸發了出生入死神一樣的表裡如一，隨著快門節奏的鏗鏘有力彼此的配合默契和勁往一處使汗往一處流的投入也迅速發展到了覆水難收的地步。也許，這讓進進出出的空虛有了某種有根有據的切實依靠從而在往後日子裡的害羞也坦然面對以臉大不害臊的大無畏精神欣慰於意外留住了個人歷史由衷的欣喜若狂，這是一種徹底顛覆了被刻意教化得假模假式的意識形態由於返樸歸真而帶來的推心置腹的相親相愛讓人一生都難以忘懷。

實際上男人的枯萎和女人的凋謝都讓我們在不知不覺走到了心有餘而力不足那一步的尷尬時分在一個午後突然放晴的天空上有意無意地尋找與自己心心相印的一朵雲，或許你已經不記得了是哪一回有心栽花無意插柳卻在多年以後終於眼見為實地看到了漫山遍野的姹紫嫣紅和岸柳成行。真的不敢說我們已經放下了愛情只是不得不檢討一下對於戀愛執著是不是真的拿起了哪怕是一回銘心刻骨也不枉虛度光陰，在一個潮濕空氣你傳來了自拍的照片然後認真地探討裸體的意義豁然開朗性與哲學是一對孿生兄弟有道才會有理。

我從解放碑走到江北再從江北回到解放碑所聞所見都是排山倒海來來往往急著要趕回去做愛的人。大清早夜色還沒褪盡曖昧，那些散佈在各個隱蔽空間裡男人女人的裸身絕大多數都以社會學意義姿勢從生理的需要出發完成了問題的解決即便是意識到了這才是真正的道德淪喪終於因為被綁架於合理合法約束的框架之上從而心安理得地不擔心人們說三道四而任何一種心理或生理上的出軌都會被指責為不忠這也恰恰為戲子提供了炒作機會明顯在揣著明白說糊塗地借題發揮所以關於愛情的無意義婊子比任何專家都更清楚。

我們端起的一副道貌岸然的偽善面目實質上臭不要臉得比流氓還要醜態百出居然還會心安理得。

你操我吧！我會假裝舒服……

一場蓄謀已久的展出所引發的紀錄做愛的行為藝術

有時候你會深刻地理解男女之間的那個事情更像一種儀式感很強的行為藝術，當事人並不覺得淫穢污濁只有旁觀者的想像會落入俗套般地生發出某種不可告人的邪門歪道。我在悶悶不樂的天空下從南岸的某個視角觀賞對面的風光無限，遠處高樓被空氣分割為層次分明的黑白灰構成的素描長卷。在我身後有一幢做作的碑狀的建築傲慢自大地挺立在一個空蕩蕩的廣場上，底部一個方形的鐵製井蓋支離破碎得像個來不及收拾的犯罪現場。一根柱子和一個空洞的關係就這樣被搞到一塊兒心甘情願地接受人們的冷嘲熱諷。

我心中無法立即擺脫剛剛在一個地下車庫經歷過的伴隨著音效與圖像刻意製造出來的恐怖活動的陰影，當我尾隨一個身著經血一般紅色上衣的女人等她在一個臺階上坐下後從背面突然襲擊地撳動了快門。做出這個動作的快感類似心懷鬼胎地盤算一件壞事終於大功告成，於是又重複地走了一段似曾相識的老路看見讓人記不住名字的藝術家們煞有介事折騰出來的自我欣賞。我在電梯的轎廂碰見一個年輕的女人因為認識所以放肆地用手機掃射她瞬息萬變令人不易察覺的表情，這本來就是一個侵犯的行為但是當事人逆來順受陶醉的樣子好像沉浸在意會與言傳都不能自圓其說的安慰之中。

兩江交匯地方的顏色並不很明顯大概因為這是一個陰天的緣故但還是讓我觸目驚心於若干年前我剛剛來到重慶時在差不多同樣的地方看見滔滔江水色彩融會貫通時的衝動與激情，同時想到對岸高樓的頂層有一個憧憬美好愛情努力表現出成熟又總是拿捏不好尺度所以生澀經常無可奈何地流露出來的女子是否現在也如影隨形地凝視長江東逝莫名地發呆。在經過朝天門大橋時眼前的場景讓我恍然大悟經過的地方在一個逆光的下午我曾經來過，彈子石空氣中彌漫著老火鍋的味道令人驚心肉跳於被煮得亂七八糟的情色沸騰。

需要特別說明指出從南岸到渝北多功城驀然回首就經歷了青春不可能無悔的年老色衰，想像一下白天飄揚的大腿如果在晚上如願以償地出現在你的床上也不一定就會大呼小嚎出理想的叫床音響。我還是從女人撅著屁股推車上坡的行為中瞅見了藝術的范兒也被要求作為一個旁觀者紀錄下她們強加於愛現場。

有心栽花，無意插柳，都沒的啥子的。

性是美麗的

在夜裡被失眠困擾的大多是女人。如果這時身邊有個男人，她們會將其幻覺成一個白日夢。

女人是一種相當靠不住的感性動物，無論是焦灼地期待完美的性生活熱線電話裡的嗔怪撒嬌還是被剝得一絲不掛原形畢露地還以蕩婦本來面目風生水起地浪聲浪氣，她們都會耐心地傾聽著一個男人因欲望釋放得心滿意足而打起任勞任怨的呼嚕認真回味身體抽筋的快慰，在日子即將開啟白天模式的與黑夜勾勾搭搭調情的節骨眼兒上進入深度睡眠繼續其自負盈虧的迴腸盪氣之旅。

一輛疾駛在濱江路上的汽車上坐著兩個男人和兩個女人。一個男人和一個女人坐在前排男人充當司機的角色女人在副駕駛位置上望著幽暗的前程思緒飛揚，另一個女人和另一個男人在上車那會兒坐在後排座位的選擇上就顯而易見地要嘗試圖謀不軌，後來他倆自以為神不知鬼不覺地執手相握讓由於速度帶來風聲的激情在呼嘯音響的哄托下男人終於感受到了女人手心沁出的潮濕。

一直以為在兩性關係的這個問題上被動的是女人但在後來我卻意外地發覺主動的女人比起男人來更加肆無忌憚，間隔裸體的一身衣服不過是為了增加某種神秘感而存在也使得身體的誘惑更富有想像的空間，你應該知道她們在找你聊天的時候實質上是帶有幻想成份的如果你心領神會並且假以行為舉止上的默契配合那麼激動人心的故事每每就會上演雖然通常尾聲都以事故來無奈結局。

晚歸丈夫的拿手好戲便是在獨守空房的妻子面前故作鎮定，而心懷鬼胎的老婆也將偷情的現實以女人的自以為是掩耳盜鈴地撲在老公懷裡撒嬌。天長日久這便成了一個心裡安慰的儀式雖然他們心如明鏡對方都是一個蹩腳的演員總有一天會彆扭得分道揚鑣，但是他們彼此關於身心的自戀問題幾乎都要通過另一種新鮮的刺激來超度而對熟悉地方卻再難發生昂揚奮進的欲望了。

她的心潮起伏與其身體的波瀾壯闊宛若洶湧澎湃的大海讓任何一條船的拼搏哪怕再意志堅定都不得不選擇隨波逐流，我在解放碑興趣盎然地追逐一個女人表情豐富的屁股儘管藏在緊繃的精緻面料裡凸現出來的別有用心卻是不言而喻的現實版色情大片兒。我在有意無意地解讀噴薄而出的解放碑頂部燈光輻射出來的街頭巷尾，意外地邂逅了把食物做成陽具形狀的店家櫥窗。

性是美麗的……

一邊兒是解放碑　一邊兒是魯祖廟

又是雨，下得不大，有點兒像暴風驟雨的前戲。

我在揚子島酒店2509房間的視窗望著解放碑發呆於半夜三更潮濕的空氣中並且用手機拍下它的朦朧中不安分的高聳形象，我保證一定很少有人從這個角度看過所以在這個時刻所引發出來的某些心理或生理反應從另一個方面說明了你還是一個正常人。

一直固執地認為，每一個城市至少都應該有一個和你一起談情說愛的人只是此言一出便贏得了滿堂喝彩也並非出乎我的意料想想也是情理之中的事情。這個世界的好男好女都是因為愛情才美麗起來的只有那些老得不成樣子的老太太才善罷甘休至於那些好色的老頭兒都顫顫巍巍得走路都打晃了還對女人賊心不死所以在我這個年富力強的階段萌發出不可告訴別人只想把特別愛給特加的你的念頭不應當將其歸類於齷齪而絕對要視為襟懷坦白將人生看明白了的突出表現。

在雨中，我圍著解放碑繞場一周。這個動作有點宗教的儀式感。

向北幾步再向西便可看見高昂偉岸高樓掩映下的破舊老建築了，它們因為歲月包漿和風雨的浸淫而顯得德高望重。魯祖廟的花市一大早就姹紫嫣紅得膩膩歪歪，我別有用心地拍下了玫瑰的花蕊再對向日葵一陣狂轟濫炸，就在我停下來喘口氣兒的片刻突然發現一個中年男人表情漠然手段粗暴地從水靈靈的花朵上撕扯下打了蔫兒的個別花瓣，那些橫七豎八零落成塵的花與枝的屍骨未寒帶給我的悲憫心情讓我聯想起被做愛後讓男人迅速丟在一邊兒的女人。

這種假惺惺的不健康情緒在遭遇了一碗牛肉麵之後得到了徹頭徹尾翻天覆地的改變，或許在我現在這個年齡已經完全能夠理解了五味雜陳的意義深遠，也所以甚至連碗底的辣湯我都沒有放過並且澆上數量可觀的香醋以便讓回甘來得更猛更烈。抬起眼才發覺剛剛在我的對面一個比我吃得更投入看上去一點兒尊嚴都沒有了的老男人不知什麼時候坐在了馬路對面精心打理樹木掩映的花花草草之中，他頭頂的上方的一個牌匾上精雕細刻了「環球集市」四個字讓我驀地想起了一首歌。

是那首莎拉布萊曼的《史堡卡羅市集》，這縈繞的旋律催促我立即抬起坐在板凳上的深沉屁股向魯祖廟的縱深興趣盎然地潛入。

在市井裡跟蹤一個性感美女的節奏
相當刺激並且耐人尋味

一個資深的老重慶告訴我說，老魯祖廟的花市更有味道，百花香萬人擠，巷子深處藏美女。這個說法一下子就擊中了我的要害同時引起了我的共鳴，所以，我深以為然。

夏天毫無遮攔騰騰的熱氣幾乎穿透了所有它們力所能及的縫隙，魯祖廟人挨人的擁擠不堪讓磨肩擦踵的蠕動浸淫汗臭與花香欲蓋彌彰香味與悶騷。我剛剛來到重慶那年的夏天便神不知鬼不覺地醉入了花叢，就像一個經驗豐富的暖男總能夠習慣成自然地聞到風流的味道。還是街口的那家麵館，老闆娘人到中年萬種風情在端來一碗麵的時刻春光乍洩地流淌出情不自禁的風韻猶存，讓食客還沒來得及咬口麵便已醉翁之意不在酒地成為一個死心塌地的回頭客。

當年我就是揀了一個今天的這個位置坐下要了一碗小麵因此今天的落座應理所當然地視作一種懷舊的行為，只是對面的空位早就物是人非可幻化出來的場景仍然是我與她初相識時美味與美人相容並包的性感場景。確切地說我是在她轉身即將離去的一瞬才恍然於她的美麗而貪婪地撳動了快門，而膠片機器的連拍音響無疑也驚動了她的若有所思的神經令其回頭嫵媚一笑直到今天我都覺得她的悄悄回首似一個慢動作電影鏡頭的重播令人欲罷不能地黯然銷魂。

我起身跟上她完全將市井喧囂音色置之度外彷彿兩個人處在真空中所有的音效都遮罩為一部默片而進入某種出神入化的靈境，坡坡坎坎上上下下的進進出出反反覆覆地淹沒於人潮人海正當我失望與絕望相提並論不知所措之際突然她又古靈精怪地出現於我目力所及的視覺之內。她似乎有意地與我做一個捉襟見肘遊戲其神秘色彩宛如行走江湖，老房子斑駁脫落的牆壁和經由歲月打磨的石階及其那些懂得了天命難違的中老年人臉上的皺紋也好像在故意烘托她逼人的青春。

我邊走邊拍她曼妙的背影同時也心懷鬼胎地琢磨如何與其搭話進一步地套上近乎暗下決心不放過這個尤物，這個時候她突然驀地轉身盯住我百媚千嬌地傾瀉下撩人的秋波對我說拍了那麼多的我能不能給她看看。這正中下懷我也故作鎮定地回答當然可以不過這些都是用膠片拍的如果要看得等到沖印出來不知可不可以留個聯絡方式什麼的，我知道這種恬不知恥落入窠臼的回覆演技拙劣也看出了她的猶豫不決不過迎面走來一個老男人對我們說原來你們也認識。

啊！我終於如釋重負地喜出望外……

世道再難也不要耽誤了戀愛

我們一不小心踏進去的城市邊緣原本就是這個地方不容置疑的中心地帶，當下在坑坑窪窪路面上深一腳淺一腳悠然晃蕩的老人不遠的從前亦如我們一樣健步如飛。攤販討價還價的眼神兒心裡明鏡似地買的沒有賣的精明可是嘴皮子上還是要刻意強調沒有賺錢，作為舊物出售的一堆又一堆破爛兒吸引有了一定閱歷的人的眼球的不是表面的華麗而是被年華賦予的滄桑的表裡如一。

山城露肉的女人並不介意男人赤裸一把堅韌的骨頭所以雌性的滋潤在雄性的映襯下更顯得雨順風調，繁華的商業區裡大搖大擺的風流娘們兒和髮型奇絕的小鮮肉根本不在乎光陰似箭所以他們使勁兒地揮霍時光。只有在城市的私處類似爬坡上坎自己都感覺不到神出鬼沒的中年人在青春與衰老的抗爭中和自己賽跑，並且時時警覺地自我總結：世道再難，也不要耽誤了戀愛。

我對自己放任自流的追逐常常在心理上獲得一種難以名狀的快感也為妙手偶得的光線造型出的來美不勝收感慨萬端，我得承認已經漸漸忽略了女人的一張臉的好看與不好看的簡單判斷每一把從上往下的打量端詳都滲透了閱人無數積累下來的審美個人品位。也不曉得到底什麼時候居然練就了火眼金睛因為吹牛不上稅所以可以對你大言不慚怎麼覺得你們都沒穿衣服呢。

關於愛這個問題我個人認為身體語言比寫上一封情書更來得直接一些而我們做過的小兒科似的吭哧癟肚的少年的純真終於大功告成於成人的如水得水也不得不面對臺上的淑女往往就是床上的蕩婦這個嚴酷而美妙的現實每一次由於水到渠成使得寬衣解帶輕而易舉都察覺到女人無不自卑於對她對自己身體苛

刻的要求而不打自招出來的先天不足如果碰巧遇到一個藝術范兒的老男人或許會不至於手忙腳亂那麼嘹亮的叫床聲也自然是託付身心的表現。

就在這一回，我拍下了她穿著衣裳奔走於都市街頭巷尾的俏麗身姿可是她卻無論如何都不允許鋪張浪費地拍下了她因滿面春風高潮迭起的裸體。

她說：「你可真流氓啊……」

「不流氓，你喜歡嗎？」

迷色

在每個性欲蠢蠢欲動的夜晚，高潮和失落都默契地不約而同。有時候我們明知扮演著另一個自己，在眾口一詞的虛頭巴腦中心甘情願地化身為一個不倫不類的丑角。那麼，可不可以在夜深人不靜的段落中將一絲不掛的坦誠和盤托出，暫且不去考慮誰為愛情買單珍惜身邊的每一次豔遇將原始的赤誠歸還於一個天造地設的傷風敗俗投入墮落的美不勝收和一發而不可收。

我一直重複一個大言不慚的陳詞濫調，好在一語即出似乎還沒有人公開反對我也因此而自鳴得意。女人在年輕的時候至少應該留下一張裸照，如此青春無悔的偉大現實意義和深遠的歷史意義在人老色衰時更為彌足珍貴。所以，在我們放聲謳歌人類生生不息的性欲並且由衷地讚美一個與你魚水情深的女人相提並論地佐以鏗鏘有力的快門音效，無疑成為一種催人奮進的號角。

確實無法統計每一個夜晚究竟會有多少失眠的女人，但她們大多都在琢磨如何忠於愛情並且還得讓不忠於身體的行為強詞奪理得非常有底氣。這個時代的進步表現為不是上了床就愛情了下了床就形同陌路，實際上叫床的餘音娲娲和意念深處堅韌的支撐讓我們經常重複拼湊生活碎片組成的素材，剪輯為一部又一部情色大片角色的感受也因日積月累逐漸豐富多彩起來。

從她面目表情和身體語言讀到的潮漲潮落我用相機一一紀錄了下來。事後，她嗔怪我的三心二意但也不得不承認有一種別樣的力量推波助瀾將其循循善誘地引入五迷三道或不知所云境界。她說她很想看一看我拍的影像但又不能明確到底是不好意思還是不忍直視其非同尋常的幻象和顛狂，講述近乎喃喃自語但靜謐的空間我聽得一清二楚看見她縱容地將裸身倦怠地丟入單人沙發中。

迷色。真美！

我又不能自已地端起了相機……

你的生活作風沒問題

有時候，將自己丟進一座城，即便再繁華，也感覺在荒郊野外。

好在，無論走在哪裡，我都沒覺得自己是外地人。

我們都是這個時代的跳樑小丑，穿上衣服便裝模作樣得自己很正派了。

床上的裸體，在被經過處理之後慢慢恢復的人形回歸到日常生活的狀態。他們不太喜歡穿上衣服，彼此坦誠的赤裸好像本來就應該這樣只是多此一舉地披上了偽裝。她說我差不多就沒拍過她著衣的肖像，所謂裸體在經過了一段時間之後突然覺得親切起來。我說那是過去的好時光在心中流淌不小心喚醒的滄桑，世事無常，倘若你還記得陪你走過一段路途的異性，心底裡就是滿滿的愛了。

我從解放碑揚子島酒店乘觀光電梯自上而下出門左轉融入

滾滾的人潮人海，他們是露胳膊露腿的女人和裝束隨心所欲的男子。有棒棒，但是很少見到他們負擔的形象，多半瞅到的都是偏於一隅無所事事地歇息或閑饑難忍地瞧著路人。

我經常想在別人的眼中我的血肉之軀會是一堆什麼樣兒的東西，就像我看到的別人不過是匆匆的過客多數人的徒有其表並非他們的本來。我有意無意地在羅漢寺工地的圍欄旁踩在馬路涯子上以走平衡木的淘氣心情重複了一下童年做過的遊戲，輕點腳尖的片刻突然襲來一種逝者如斯的情緒漫過心頭。

那家橋頭的火鍋店我是來過的因而在頭腦中劃過的幾張面孔如今也飄落在他們應該存在的地方，看到一幫年歲不小的男女撕撕把把地聚集在一塊兒等我反應過來是同學聚會驀地出現一個出奇冒泡的念頭。如果把這些年來談過的戀愛也招集在一起會不會是一幅荒唐的場景，其實就怕你沒有愛得死去活來倘若真的死過再活過來的那種愛情一定是植根於內心深處的永恆。

嗯，你的生活作風確實沒問題。

就這樣胡思亂想中我下了一個坡上了一個坎不知不覺地走在了千厮門大橋上，瞻前顧後了好一陣子瞧瞧往昔乘車經過的這座橋在我徒步行走的時候是不是有別樣的感受，時不時震顫的橋身是輕軌六號線經過時的引發的類似交媾的快感，我望著熱鬧的朝天門碼頭和裝腔作勢的大劇院琢磨一下不一會兒我將深入其中一個叫時光裡的獨立書店竟然生發出某種乾坤挪移的錯覺。

給我一杯咖啡。

還是一杯茶吧。

這個時代的寬衣解帶
總有一種做愛讓人難以忘懷

我們生存的環境經常出以一種變態的做作來謳歌自己都不相信的東西或不是東西，天長日久這樣的約定俗成逐漸演變為謊言特殊的秀場以此來彌補內心極度空虛的做派難免令人作嘔。問題是面對虛情假意的習以為常讓大家都自然而然地泰然處之於明哲保身，面對這個世界的清心寡欲也往往以宗教的虛張聲勢儘量在不知所云念念有詞的誦經中壓抑自己反覆無常的心情。

究竟是誰家的女人將唱念坐打的搔首弄姿修行成款款的一往情深再嘮嘮叨叨出內心的鬱鬱寡歡，她們床上的丈夫也不再盡職盡責得過且過地將性生活當作負擔卻興趣盎然地在外面去花別人家的女人。那些風流娘們兒也不省油稍帶招貓逗狗虎視眈眈小鮮肉精神文明和物質檔明雙豐收，床上自我滿足地把玩一個遊戲假裝高潮爐火純青地渾水摸魚。

廣場上舞蹈的那些寂寞的老女人動手動腳地勢圖力挽狂瀾無藥可救的青春後悔，多少回從夢中醒來失眠的程式控制失真思考人生的尺度也明白了好死不如賴活原來就是一種生活禪。我也經常聽到有人抱怨解放碑的美女不多風景神不知鬼不覺但是人曉得已經轉移到北城天街，但是我卻固執地認為觀音橋步行路上的空洞因為少了堅強的支撐怎麼都不會源遠流長。

是誰家大哥精心調理出來的小妹的一顰一笑令人無可奈何地神魂顛倒，她們曾經滄海難為水的做派將女人味兒入化出神地拿捏得幾度山雨欲來。這個時代的寬衣解帶總有一種做愛讓人難以忘懷，我們夢寐以求的靈與肉的結合佐證了歌聲嘹亮的技壓群芳讓波瀾壯闊的修心養性默默無聞地完成了神聖的使命。愛在說不出來愛的時候最真就像每一個魔幻的夜晚解放碑總是一貫地堅持不渝。

誰說不渝？解放碑分明實實在在地挺立在重慶。
重慶這個地兒被稱之為山城也被稱之為渝。

告訴你一個追女孩子的祕訣

我的這番奇談怪論發表在時光裡一個隱藏在這個空間角落裡的靜謐之處，有茶還有一個不算老的男人還有一個美女充當聽眾。其實我本來就不是一個善於表達的人用現在時髦的說來形容應該屬於悶騷那種類型，這樣一來在外人的眼中我有時就顯得深不可測但實際上我並沒有那麼多的心眼兒本質上我還是一個忠厚老實的人只是因為多讀了一些書如此一來我思考問題的頻率比別人明顯就多了一些。我對時局的問題表現得漠不關心對男女的情感倒是見解獨到，因為這個世界本來就是兩性組成的如果把這件事情弄清楚了其他的問題就都迎刃而解了。

就在來時光裡之前我在解放碑靠近大世界的一條巷子眾多的路邊攤中挑選了一家可以遮擋陽光的樹下落座要了一碗清湯抄手對面的女子則點了一份她心儀的麻辣小麵。這個姑娘就是後來和我共同坐在時光裡的那個小娘子我覺得從陽光的疏影下她汗水滋潤過的臉龐到經過千廝門大橋再鑽進時光裡貌似有一種千載難逢的輪迴感受而在這裡讀書也好擺龍門陣也罷可以覺察到時間凝固了分分秒秒可以信手拈來地粘貼到你隨心所欲的任何一個地方而在此時此刻此情此景下的讀書更成為一種十分奢侈的生活方式感從中來就像身邊滔滔的江水一發而不可收。

關於抄手的性感請原諒我再多囉嗦幾句當那碗帶著熱乎氣兒小東西被端上餐桌的時候我首先看到的是那如同正在發育過程中女兒的膚質一般的細嫩的薄皮兒更有意思的是她們在斑駁光線的映射下顯現出非同小可的誘惑令我深深領悟到了食色性也這個論斷的可親可敬同時我對面的那個姑娘也察覺到了我的別開生面的情緒而就在這時她要的那個光彩照人的麻辣小麵也興高采烈地上了來了那種厚重熾熱並且絲絲入扣浸淫在深紅湯色中的鮮肉樣的麵條滿懷深情地配合默契現在我回過神兒來眼

前是大紅袍的醇香而我一直固執地認為這是一款老男人的茶。

喜歡？

當然。

喜歡就要說出來。

這是另一個老男人與我關於大紅袍的對話，我在重慶喝的就是他遠隔千山萬水快遞給我的他自己親手做的茶，因為我經常把對大紅袍的熱愛講給他聽，我喜歡大紅袍的重口味兒，這樣的味道和重慶很搭。

不過我得告訴你一個追女孩子的秘訣，喜歡她最好別像喜歡大紅袍那樣對她表白直接動手動腳更容易大功告成。

有時候做愛不是愛是在還債

我們在生活的漫遊中經常自以為是地雕刻屬於個人極度虛妄的時光，這讓我們難能可貴地扭曲了當下一廂情願地進入另一個世界將生死輪迴看得雲淡風輕的境界。說不定在某個無法預料的夜晚我們遠走高飛的親人再次與我們不期而遇重複的還是那些聽得讓大家都有點兒膩煩了的老話這時卻因為超越了時空實質上成為一種畫外音而令我們倍感親切，那些曾經愛得死去活來鬼迷心竅如膠似膝的情色男女也終於釋然了確實是真的沒有什麼拿不起放不下的東西。

喜歡淩晨泡一杯焙重火的大紅袍以便讓其味道略顯苦澀有點兒像年輕時對愛情的理解自作自受並且誇大其詞地因為失戀而覺得痛苦不堪然意想不到的是情感的傷口癒合的速度和抗打擊能力往往超過了自己承受範疇，所以無論你的心智如何裝作少年老成你必須面對一個沒有人能教會你面對愛情的變幻莫測的現實忍著最痛的傷收起兒女情長即便是大病一場也要挨過內心深處的極度虛弱讓自己堅強起來。男人要對自己狠一點，我想你已經明白了我的意思。

北方天將亮未明之際我起身看海的舉動有點模仿了行為藝術但在重慶尚未真相大白的時候掀開窗簾望著孤獨勃勃的解放碑越來越覺得這個東西太像那個玩藝兒而我在大白天當傍晚的一抹餘暉悄然灑下拖長熙來攘往人們的身影的時候我的想像力再度膨脹得有點兒流氓，那星星點點的人影分明是那個柱子噴薄而出的一粒粒精華爭先恐後地奔向一個生命集成的著落之處就像海邊日出的剎那芳華如同年輕的姑娘初潮理解為血染的風采後來統稱為俗套的大姨媽也是可以的。

失戀的經驗和得手的快慰同樣重要其實你對一個女人孤注一擲的投入不堪忍受的只不過是另一個男人對她的佔有的與心

不甘其實無論是女人或男人大家誰也誰說誰都是賤貨而我們不過是將自己看得過於純真卻忘了生理成熟的女人天生就是曖昧高手而特立獨行的老男人終於得道成仙玩得山不轉水也不轉人卻轉得得心應手在尺度有限的床頭輕車熟路地叱吒風雲饒有風趣欣賞一個從前戲的扭捏作態到高潮的不能自持直至接近尾聲時仍然處於自我陶醉女子的渾然天成。

讀我的長句子吧，就像做愛一樣須一鼓作氣，再而衰，三而竭。彼竭我贏，故克之。

我還得叮囑你。長句子將有效地預防老年癡呆所以你也不必擔心讀下去喘不過來氣。

做愛有時不是愛，是還債。

人品好，到哪兒都有美女和晴天

越來越感覺我更像一個城市的漫遊者，以孤魂野鬼的姿態行走在無法事先設定的某個街區的角落。我把這種神不知鬼不覺的特立獨行命名為掃街，日久天長竟然覺得自己是個十分稱職的清道夫了。實際上我是一個相當危險的人物，帶著某種約束於社會規範的禮貌文明檢點自己的行為，但事實上很多被我攝入鏡頭的畫面都帶著明確無誤的侵犯意識，這也讓我的構圖呈現出一種特殊的張力。

沒有人與我結伴而行，即便有同行者也被我自我放逐式地拋在了後頭。這個夏天的開端重慶時而涼快時而潮潮乎乎很是好受，但是他們還是對我強調酷暑就要來得一點都不客氣。我強烈地感受到這種熱氣騰騰的警鐘長鳴，只是內心深處並沒有一星半點過不下去的擔擾。

我必須告訴你一個拍照的秘密，那就是別讓所謂構圖和用光害得你死到臨頭了還不曉得攝影是個什麼東西成天與器材較勁。這是類似協會一類組織形成的無藥可救的傳染病，經常以主題先行的說教重複一種令人生厭的陳規陋習。某些即得利益者也非常受用多年形成的不良習慣，由此而產生的審美扭曲他們還自以為是地覺得理所應當，但我卻要說一句不好聽的了，不那麼裝孫子也是可以的吧。

我不知我是怎樣走到重慶天地來的，對於這裡我好像我以前也應該有機會來只是每次都似乎都錯失了良機。也好，現在我一個人輕車熟路地搭上輕軌二號線，剛才月臺上有個穿著打扮得十分光鮮的中年男人和我說話。我也覺得他相當面熟但又一時半會想不起他到底是誰，不過也沒有關係於是我就一邊看著車窗外飄過的風景一邊與其聊天終於弄清楚了這個老傢伙原來是我一個朋友的表哥。

　　這些日子我第一回經過了牛角沱站沒有換乘而是在李子壩下了車順著電梯晃悠了大約五層樓繼續往前走我想我一定錯過了在二號線與三號線交接處看美女的機會好在清靜也讓我一頭紮進路邊的苗品記要了一杯永川秀芽貪圖享受起這個夏天的清涼來了。我也十分得瑟地給店家的老闆發了一個微信附件掛上剛拍的一張茶杯茶碗的照片，他也客氣地回覆我是不是免單我回答大可不必。

　　人品好，到哪兒都有美女和晴天。

　　也有酒，傍晚我們將在嘉陵江邊上開懷暢飲。

真愛是誰

年輕時，我們的生理反應經常夾雜著某種虛妄的偏執。這與人們進入遲暮狀態所帶來的老奸巨滑異曲同工。所以，日常生活中的老夫少妻維繫其忠貞不二的差不多是無須怎樣閱讀人體說明書高潮便可以接二連三地跌盪起伏。還有，早晨是泡茶的光景亦如夜晚霓虹燈下的泡妞一樣都得抓緊時間。

嘉陵江這個區段早年間給我的印象就是一個荒蕪的雜草叢生地帶，當年我從江北到渝中區經過黃花園大橋也好像也只有這座橋但是現在看到的則是幾座橋同時飛架南北。這會兒我在嘉濱路上的一個名為二麻缽缽雞的店鋪的戶外發呆地看著江水滔滔，手執一杯咖啡與店名似乎有點兒衝突和不協調。

等人的時光總是很慢好在即將到來的都是熟悉的陌生人，我的眼前就是千廝門大橋由於紅色的鋼架結構下面不時地穿梭輕軌六號線色彩斑斕的車廂而讓我產生些許放浪的念頭。我記得曾在橋頭的一家火鍋店裡望著當時尚未完工的施工現場浮想聯翩，現在我已經數次氣宇軒昂地走在上面南來北往數不清多少回了。

上面或下面只是體位的不同因而得到的感受也不大一樣，忽然飄來的一場山城的細雨彷彿稀釋了的油畫顏料恣意流淌成水彩。忽然觸景生情想起與某個重慶姑娘在北京的豔遇幻化為一張眉清目秀的臉龐而眼下洪崖洞的階梯上扭來扭去上上下下的屁股劍拔弩張晃動著欲罷不能，現在的她也應該老了吧。

古琴大師的眼神兒在一個有陽光的午後我發覺他目光彷彿經年沉澱老茶的篤定，迴響的音樂還沒緩過神兒主人的華麗轉身民以食為天亦疊加得順順當當。行為藝術若有所思的肢體語言並不像你們看到的那般不可思議，酒不醉人人也不醉只是誰都飲不盡一江東流水畫家的功名利祿亦盼路轉峰迴+。

驀然回首那個姑娘悠揚婉轉聲調已然平和得沁人心脾，只是照相時還沒有拿捏好應當的表情關於漂亮的理解還有點兒欠火。夜色如水從前喧賓奪主的概念在今宵完全變得平平淡淡，主人公終於出場將咖啡的香濃滲入絲絲入扣的苦心經營，講述一個刻意的追求的人生求婚的過場其實我也不必為他們的未來擔憂。

我還是從小什字街輕軌六號線的起點也可以說是終點鑽進了人工挖掘的洞穴向北碚挺進，穿過千廝門大橋就在剛剛我還是旁觀者現在則切實感受到身在其中的快慰。於我而言縉雲山和金剛碑的故事還沒有講完，當下望著解放碑發呆對於一個處女座女人的心如明鏡也儘量做到看破而不說破。

假花和真花你選擇哪一朵？夜色裡也許分不清真假。

虛情假義和真情告白哪個更值得珍惜？

她毫不猶豫回答要真心真愛。

真愛是誰？

愛情是有毒的

我在重慶打望已經有些時日了。這樣一說，好像才剛剛觸及到了事物的核心層面。其實在任何一個地方的東張西望我都試圖尋覓到一種內心深處極度渴望的東西，雖然無法具體描述其意識形態，但在每一次豁然開朗之後的黯然神傷總是讓我重新打鼓另開張振作精神喜新卻不厭舊地目送一個又一個美女從眼前悄悄溜走，自己則認認真真地做一個對情感忠誠不渝的壞男人。

俗話說，男人不壞，女人不愛。其實真正意義上的好女人和壞男人都為數不多，異性站在自己的立場上強調個人感受的時候將與其有過瓜葛的人匆匆歸類於簡單的劃分，但事實上是彼此缺乏真正瞭解或是已經不適合對方的一種倦意使然。他們有時不得不約定俗成地重複毫無新意的日常瑣事，同時又滿懷期待地覬覦隨時可能出現的轉移情感的機會甚至隨時準備以大無畏的犧牲精神投入其中。

重慶輕軌六號線和別的列車不太一樣，它是通常意義上的軌道交通而不像二號線或三號線那樣騎在一個單擺浮擱的金屬架構上滑行。由於這條線路通往北碚所以對我而言似乎更有一種無法置之度外的親切感，因為我在不久以前又覺得漸行漸遠的某個時間段裡身處縉雲山一呆就是三個月，所聞所見堆積出來的文字和圖像以一部紙本電影的形式呈現而有關花草沾滿露水的愛情也眼瞅著無疾而終。

我喜歡女人，應該說我喜歡有女人味兒的女人。女人和女人都差不多，女人和女人又都不一樣。其實無論在別人心目中的年輕貌美於我而言都可能在面在相覷的瞬間就會一眼看出毛病，得承認這也是我的毛病因為我女人近乎完美的渴求甚囂塵上為幾乎苛求，儘管我已經漸漸忽略了一張臉的光彩照人，但是在她們赤身裸體出現在我目力所及的視線時還是情不自禁地以挑剔的眼光讓對方毛骨悚然。

也真的不是危言聳聽，我高中時的一個女同學現在看來很像那個叫大白的尤物後來對我說她當年就有點兒怕我要看透她一切的眼神，也有個小姑娘問我是不是在我看來她根本就沒穿任何衣服。這時我終於意識到了自己為什麼在過去和現在失去了很多愛情機會，由於女人對於我浮皮潦草的認識她們對我敬而遠之而我自己又不能恰到好處地把握恬不知恥的分寸所以愛情總是與我擦肩而過。

就像女人往往喜歡一個浪蕩公子一樣男人也通常會為一個風騷娘們兒著迷。但是女人在某個時期要把自己嫁出去的意念會讓其饑不擇食地選擇一個後來並不看好的男人，男人也會因為性的吸引而在表面上大做文章而忘記的愛的初衷。本質上男人比女人骨子裡還要脆弱和神經過敏，男女之間的出軌或脫軌具備的合情合理因素實質上是對合理合法的婚姻的粗暴野蠻的報復。

如果你遇到一個能夠欣賞你身體的男人，你是幸運的。可滿大街道的行屍走肉沒有幾具肉身真正地出類拔萃。

愛情是有毒的，我們已經死了幾回。

解放碑和金剛碑是天生的一對兒

我一直覺得重慶是一個豔遇之城，這種意念隨著對山城的逐步深入瞭解愈來愈變得堅信不疑。有一回我從解放碑揚子島酒店大門出來剛剛步入廣場周邊，就聽見身旁有一個東北口音的女人對她的夥伴說這裡也沒有美女呀怎麼不像傳說的那樣香豔。

我還是多嘴多舌了一把對他們說美女一般都在夜裡才神出鬼沒於解放碑，大上午尤其是淫雨霏霏的氣氛正是睡懶覺的大好光景。那娘們兒聽了我的解讀認為也不無道理，我順便研究了她的相貌突然發覺她高鼻大樑眼色迷離嘴唇性感身材豐滿冠以美女之名也不含糊。

當我將對她的感受毫無保留地和盤托出時她也滿心歡喜表示了由衷的謝意，這時的感覺我想她一定也和我一樣在潮濕的夏天如沐春風般的心情舒暢。不期而遇然後再自然而然地分道揚鑣，如此曠達的聚散給人以無窮的想像但事實上也許一生也只有一回面緣倘若真的歡喜也不用刻意想多。

不由自主要走近解放碑因為我每天幾乎都在它上面的角度與其竊竊私語所以對其下面也興趣盎然，它的根部總是坐滿了男人女人老人小孩兒這是重慶的象徵我也胡思亂想過如果沒有解放碑重慶還會不會是重慶。所以我對所謂北城天街的美女一說不太感冒，因為這種說法的思想根基我始終不夠牢靠。

但是我得承認解放碑的美女不再是重慶的美女而是全國美女之集大成的一個朝聖之處了，有了經驗特別是有了性經驗的女人心領神會依偎在解放碑上拍下心動異常的影像，處於愛意朦朧階段的小姑娘也會神不知鬼不覺地與其接近不管三七二十一地與之親熱，老男人則心懷鬼胎地在一旁春心蕩漾。

實在讓我受不了的是解放碑大清早就吵吵鬧鬧的音響裡傳

出的哼哼唧唧的民歌拉開窗簾還可以看到緊緊抓住青春尾巴的神經末稍不肯放手的大媽大嬸們跳著神神道道的廣場舞也有個把看上去年輕時保不齊會有生活作風問題大叔麻木不仁地加入她們的行列但在我看來總是不那麼搭調。

輕軌六號線從解放碑到北碚用了將近一個小時的時間，我牽著她的小手執意要在夜晚黯淡的光景裡到金剛碑轉悠一圈兒。潛意識裡的解放碑情結令我下意識地與金剛碑聯結起來。金剛碑無碑，但是金剛碑是一個狹長的空洞地帶，所以我將二者緊密結合地扯到一起也不算是創意只能說是聯想。

她說她有點兒害怕，但是我還是引領其進入了縱深這時已經沒有什麼可怕的了。因為，我們可以進入更深。

一場蓄謀已久的人體攝影即將發生

所有早晨的醞釀，都由於夜晚極度的不真實而讓人倍感親切起來。雜亂無章的茂密樹枝和恣意蔓延的荒草在晨曦映射下顏色逐漸明亮起來，到底是怎樣的一種力量讓我們在沒有月亮的晚上僅憑手機上的電筒就深一腳淺一腳地邁進的金剛碑的腹地，而且選擇了一條並非人們常走的那個路口而是半道上拾級而下的一個被殘垣斷壁掩映的階梯。

我記得某一個白天我就是從這裡冒昧地走下去的沿途經過一個破爛不堪的大門一頭鑽了進去的時候驚動了裡面似乎隱藏很深的一個大鳥，當這個傢伙突然撲撲愣愣飛出來的瞬間著實嚇了我一跳。把這個故事講給她聽我們正好路過這個地方問她要不要再進去瞧瞧，她說她已經膽戰心驚了我也明顯感覺到她緊緊抓住我的那只手被汗水沁得濕漉漉的。

走下去，摸黑堅定不移地走下去，就像我們最初觸碰到的一個異性的肉身其實我們並沒有完全的心理或知識儲備。當我們趺趺撞撞聞聽微風帶來的沙沙聲響不禁毛骨悚然夾雜著害怕與害羞的複雜心理勇往直前的時候，我們終於體會到了相互的支撐有多麼重要了。這時她問我為什麼要來金剛碑並且是在半夜三更的光景，我說白天我看得太多了。

終於見到一絲光亮，是那個經常有人落座的茶館。它的主人是一個滿頭白髮的老頭兒，我曾經向他打聽過金剛碑的那個碑在什麼地方。我忘了是不是他給過我令人信服的答案，但是後來我差不多已經忽略了那個碑是不是真的存在。於我而言，金剛碑就是一個被廢棄的荒山野嶺，由於歷史故事由來已久帶來的人文思考，就像現在野蠻生長的自然風貌而美不勝收。

老人熱情地招呼我們喝茶，他也實在想不明白為什麼這個時間還有人來。他起初用異樣的眼光打量我們一陣子，看著我似曾相識但對於她的膽大妄為卻心存疑問。在他的眼中，我們應該是一對私奔的偷情旅伴，但是在這個時辰神經兮兮地來到這個差不多是荒無人煙的地方如果不是吃錯了藥就是一對貨真價實的不可救藥精神病人。

她的坐姿端莊，纖細的手指拈起茶碗的剎那流露出來的教養的柔美宛如仙女下凡。我們要在這裡等待天亮然後拍下金剛碑的第一縷陽光帶來的通透及和煦，然後在不會被人打擾的自然環境下拍下她曼妙絕倫的身影。

告訴你一種舒服的被愛的感受

在夜晚進入最深邃的階段相互擁抱的男人女人會自然而然地生發出野合的念頭，更何況孤男寡女身處荒郊野外使得這種臆想極其容易成為事實。萬籟俱寂得哪怕稍微出現一絲響動都會駭人聽聞，偶爾出現的嘉陵江上的鳴笛更讓恐怖的氛圍渲染成為突如其來的噩夢。

我更喜歡在模糊的情景下與她深入淺出地傾情交流，類似這樣的膽大妄為才會使得周遭環境造成的緊張狀況得到根本的緩解。一開始她還誠惶誠恐壓抑情緒放不開手腳，但是在漸漸與周圍的靜謐融會貫通之後迸發出來的急促音色的混響居然嘹亮地貫穿了金剛碑狹長的神秘通道。

不知道是不是這種不經意的提綱挈領作用引起了蛙鳴悠揚與魚水深情和鳥兒問答式的縱情合歡，她在清晨煥然一新的光線下眯著眼睛陶醉於自然的交流輕輕地顫動，驟然起身她竟然

步履堅實地裸體走向金剛碑的縱深地帶，將其自身完全融入了萋萋芳草與交錯零亂的破敗不堪中間，

我被眼前這幕自然中的超自然搞得熱血沸騰，不能自已地抓起的相機拼命似地按住快門不肯撒手。這天早晨的空氣十分新鮮，感覺時間也暖暖地輕撫我們身體上的每一根細微的毛孔。這是一種非常舒服的被愛的感覺，空氣疏朗的密度也似乎有意讓陽光如影隨形地照耀我們身上。

怎麼始終都覺得你是裸身

人在年輕的時候消費自己的身體，中年階段消耗自己的意志，到老了就只能消磨時光了。

我們可以忽略怎樣走出金剛碑的任何一個細節，但是那天晚上直到清早給予我們的震撼卻是由於真正感受到了一絲不掛的真誠與輕鬆所帶來的靈魂深處一場轟轟烈烈的徹頭徹尾革命。那種留在我們心靈底片上的印象比起數位經過處理形成的顯影以其深深的烙印於腦海中帶來的沉靜思考在沒有經過任何人為的加工就意義非凡了，所以我們豁達大度的一種默契已然成為心靈對接的感覺而不需要多言多語來費勁巴力的解說。

去哪兒的問題我們沒有商量過，沿著山走就是一條人煙稀少的張飛古道。任由飄零的下意識完全可以沒有目標，但是我們不棄不舍的那種歡欣鼓舞之後的寂寞放任自流的姿態讓自己也感覺到進入了另一個根本不屬於自己的空間次元飄飄欲仙起來。

要想愛，趕緊愛。做愛更是時不我待。由於我們平常過多地以淫邪的眼光來看待男女性愛這件事情以為這只是為了傳宗接代而進行的苟且交流實際上關於身體的美好以及文化上的對接實質上是行為達到真正和諧的堅實基礎。

可以不必在乎是否已經迷路，迷途知返可以是醒悟，執迷不悟也應該成為舍我其誰大開大合的境界。幾回貌似猶豫不決的何去何從終於沒有讓我們半途而廢想一想我們剛剛從黑暗中鑽出來修行既然是人生的一門大課又何必患得患失擔憂前程的遙遙無期。好幾次我都扒著樹縫瞧見了滔滔江水，聽風就是雨地感受到了飛瀑的激情澎湃。在這個時候說什麼或者不說什麼都顯得多餘，腳下是古人走過的石板路而不是一般意義上的旅遊路線，那麼至於我和她的腳印在上面的磨合所起到的作用則是在於歷史的疊加而絕非立竿見影的樹碑立傳所能完成的豐功偉績，所有的普通到後來都會成為非同小可。

見到一堆堆老墳上佈滿了鮮花知道前面的村莊已經不遠，我們總是興高采列地直視生而悲痛欲絕地面對死，其實關於生死的問題一旦開解人就不必吃齋念佛假裝得道成仙，大家都是過眼雲煙如果能孜孜不倦地春風化雨也算是功成名就。

我看著她：怎麼始終都覺得你是裸身？

你的衣服也顯得很多餘……

你嘗試過火鍋加咖啡的感覺嗎

再大的床，一個人睡也只占一條，而兩個人在一起則可以成為一片汪洋大海。

結婚的意義在於離婚成為可能，永恆的愛情人人都羨慕，但就是沒有人寫灰姑娘和白馬王子老了的故事。

有一個小姑娘問大叔活到這個歲數究竟弄清楚了什麼問題，大叔回答說明白了活著的人總有一天會死。那麼小姑娘接著問大叔是不是對於死亡有一種恐懼感，大叔又說既然知道了這是一個必然的結果有什麼可怕的。

我想這就是通常所說的視死如歸吧。

年輕時對於身份的焦慮會時不時地在乎一下我是誰，人到中年後可能會更滿足於什麼都不是。所以我也得意地對人們得瑟我是一個資深無業遊民，對於我這樣一個三無人員自己的滿意程度和幸福指數每天都以用鏡頭掃街突然降臨在某個城市或山野，並且自以為是地以為自己已經離藝術越來越近，離庸俗越來越遠，逐漸成為了一個高尚的人、一個純粹的人、一個擺脫了低級趣味的人、一個有利於人民的人而自鳴得意過著享受自給自足的精神與物質生活。其實是徹頭徹尾地發揚光大了不要臉的精神的自嘲，而讓自己的內心世界肆無忌憚地無比強大起來。

自從金剛碑和她那回事兒之後我總是覺得大街小巷的每一個人都是裸身在光天化日下行走，其實人為什麼要穿上衣服的問題答案就是要裝模作樣因為自身的卑微所以要把自己包裝起來整得像個什麼衣冠禽獸。儘管我也早就聽過人飾衣服馬飾鞍的道理，但是我覺得穿上衣服的真正要義就是要將其脫下來的享受過程得到一種忘我的滿足，也讓性的新鮮感和成就感更有張力。

在一個破舊不堪的老街據說就是一雙繡花鞋的故事發生的

地方的一個茶館喝得正全身浸淫汗珠的時候偶遇一個外地來重
慶的女孩兒她問我山城什麼地方好玩我不假思索就告訴她說解
放碑最值得一去因為儘管坊間傳說這裡的美女已經不多了但是
我還是固執地認為此處最重慶，所謂北城天街只是人為打造的
一個商業街區雖然那裡的金錢和美女是美麗的倘若缺少了由來
已久的歷史支撐還是顯得底 氣不足所以我對滄海桑田的理解
就是翻天覆地也所以我對一個男生為什麼那個事兒一完就想讓
那個女人趕緊走人的提問一針見血地指出這是典型的嫖客心理
在作祟真愛應該把前戲高潮和後續的安慰都做得完美無缺。

你嘗試過火鍋加咖啡的感覺嗎？

整得我幾乎徹夜未眠。

是夜，我的身邊沒有女人

夜晚，有許多無家可歸的人。但在我的周圍也有不少有家不回的人。他們消磨著夜色試圖從中尋摸出豔遇的機會，花枝招展的女人趁朦朧利用化妝品的不真誠刻意掩蓋她們已經沒落的青春。因為做作的嗲聲嗲氣暴露了自然狀況，這些女人已經被風霜漂染得模棱兩可但是在心底裡仍然對愛情抱著一線希冀卻又因追求物質生活不得不將自己的身體賣給一個說不明白到底愛還是不愛的男人。

有一個誤區我必須對你說，女人總是想找一個好男人過一輩子，其實這是和她們自己開的一個最大的玩笑。好男人是不存在的，就比如一個好女人在不同的男人那兒也有不同的尺度。那麼上蒼予以男人女人的標準配置就是生理上零件兒的區別，至於後天環境和教育滋養出來的風格則決定了在生活中的一舉一動。

吃完豆花火鍋沾了一身麻辣味道，這是重慶特有的空氣裡都飄蕩著的滋味特別沁人心脾。有錢人也好老百姓也罷都會很不講究地坐在路邊吃得渾身上下既便是沾滿了油漬也奮不顧身，說白了人就是這樣一種群居的動物，一旦上面和下面都得到了滿足便進入了和諧的境界不管怎樣的虛頭巴腦夜晚你總得要鑽進被窩自己或者和另一個異性磨磨嘰嘰地苟且一把然而這絕對不是偷雞摸狗。

我在解放碑揚子島酒店的酒吧一個相對僻靜的角落聽一個老男人講述他的豔遇旁邊還有一個不老不小對婚姻充溢著好奇心理的男生。人生其實是一個迷失的過程所以李宗盛唱出了還沒如願見到不朽就把自己先搞丟的腔調讓人們好生感歎了一陣子，我要了一杯美式咖啡結果終於在後半夜睡不著覺了。

睡不著那就不睡，於是在拉開窗簾赤身裸體直勾勾地居高臨下望著黑黢黢的解放碑發呆突然體會到了某種形式感更有點行為藝術的概括。解放碑上方有限的空洞區間尚可瞧見月亮透過幾朵憂鬱壓抑的打雲縫裡鑽出來的絲絲撓撓的光亮，這個時候的我百無聊賴得也不想做愛其實男人女人在一起做愛只是溝通的另一種方式那麼大多數時間比如在這個不眠之夜相互擁抱著影響彼此心情的體溫應該更為彌足珍貴。

是夜，我的身邊沒有女人。

我很年輕的時候在你的底片上就已經老了

她是誰？她是她，她又不是她。她還是她，她就是她。

我無法用確切的一個人物定義她的真偽，事實上關於她更像一個性別載體，讓我在若干年來模糊了許多與我有過瓜葛的女人，但是作為一個女性的象徵她又真真實實地獨立存在。

做了一個夢，夢裡的光影相當真切就如我在早上看到的太陽和他的投影。我瞧見解放碑在陽光下被揚子島酒店的影子籠罩起來，而酒店影子的形狀亦如解放碑的被投射到地面宛如一個勃勃生機的陽物。

解放碑實在太有名了，頂禮膜拜似的拍照更令其神秘的崇拜增添了別出心裁的意義。無論周圍的建築修得再高但人們對其景仰之心卻從來都沒有減少一絲一毫。我也一有空就神經兮兮地圍著它轉也說不清道不明我到底要什麼。

兩個女青年要求我給她們合個影，我接過相機拍照的時候瞭解到她們來自金陵。金陵就是南京，這個地方勾起了往事有關一段很純真的愛情，因為那個時候我好像還沒有經過大風大浪也沒有學會玩玩世不恭所以也傻傻地對待愛情。

那個時候我還使用著一台膠片單反相機，那個時候我就色膽包天地為她拍了一組裸照。接下來的問題是我有賊心拍照卻沒有賊膽將相片沖印出來，因為那個時候的社會環境還沒有像現在這樣寬容大度所以那個膠捲一放就是十幾年。

十幾年後我終於將底片沖洗出來，但時間讓化學塗層剝落得只有我們兩個還能依稀分辨出畫面上她身體的輪廓但總的說來已經面目全非得滄海桑田了。

瞧著底片，望著她自己斑駁的身體她哭了。

她說出了一句讓我振聾發聵的話：我很年輕的時候在你的底片上就已經老了。

我也真的不忍拍下她正面的裸身

接下來的這個夜晚，我的身體被巨烈地燃燒起來。有點骨酸肉麻的感覺一直揮之不去讓我不斷在迷迷糊糊不安份的睡眠一而再再而三地醒來然後再渾渾噩噩地睡去。

有一種不踏實的感受會在內心深處於大腦的投影中放映出過去生活所經歷的某個片斷，關於愛情的憧憬也有關做愛的心得體會一古腦兒地湧上心頭。不得不承認，年輕的時候我們不僅不懂愛情也根本不懂做愛，經過歲月的洗禮彷彿愛與做愛都弄得心知肚明但心底裡已不如年輕時那樣清爽。

比如，是哪個讓你刻骨銘心的戀人讓一個人至今還形單影隻地守候過去的好時光，倔強執著地找回青春的光影但是當時光讓底片消磨得不成樣子所帶來的黯然失色不禁讓我們感慨萬千。實際上時過境遷之後早年間的愛情與做愛都無法昔日重來，也因此許多一廂情願的想法在滄桑面前顯會得有氣無力。

那天晚上我直視她坦誠的裸身影像中疊印出當年她青春的胴體，如此反覆疊加甚至不願意認可她和她就是同一個人。這絕對是一種一廂情願的自作多情，因為我們總是想挽留美好不想讓其隨波逐流地隨歲月悄悄溜走。

我也真的不忍拍下她裸露的前身所以努力試圖從她的後背找回當年挺身而出的樣子，但是無奈不單單是我而且她自己也不得不面對皮肉不再緊張乳房已經不再有當年的那種傲然自得的張力的現實。關於做愛也似乎以一種報復青春的心理衝動地進入一個時空隧道，只有在波瀾起伏過後的餘音繞梁中感受到的彼此體溫才領略到了與年輕的激情四射有著本質區別的行雲流水和渾然天成。

現在不同以往的是可以輕而易舉地看到立竿見影的圖像，也看見了現在她自己的身體後平靜如水的地說更喜歡那個年月的樣子既便底片已經脫落成一幅幅岩畫般的文物。但是總有可能在上面找到青春的蛛絲馬跡，那不僅僅是光鮮的臉和玉體也由於年華鬼斧神工雕琢出來的藝術品讓人覺得當下過於直白。

她現在還是單身，她說她不準備結婚了因為婚姻的本質她不認可就是找一個與你一起合理合法上床的人，當兩條平行線突然在某個時間轉彎相交又突然因為某種說不清道不明的原因再回覆到平行的狀態時，也沒有必要人為地再讓其交合這樣對自己和別人都有點兒於心不忍。只是很多不忍其實是自己在忍辱負重或都忍痛割愛當所有的事情最後可能娓娓道來關於愛情和情愛就都明明白白了。

重慶是一個容易發生愛情的地方

我後來終於發覺，解放碑與這個大都市時尚氛圍不諧調得近於噪音的一大清早就響起的鄉野民俗般的刺耳的音樂那是跳廣場舞大媽們的傑作，她們意味深長地把地點選擇在解放碑與重慶百貨大樓之間的空地上每天早上在差不多的時間聚集在一塊面無表情扭轉乾坤似地舞動著不太聽使喚的發福身軀，旁若無人也不在乎路人甲或路人乙是不是把她們放在眼裡。我琢磨了好長時間才弄清楚為什麼在解放碑跟前他們舞蹈得特別起勁間或也有大爺這把歲數的男性加入進來，大概就是因為解放碑對於這個年齡段的人講是青春的象徵，也許當年被人稱之為解放碑若干面紅旗的美女也在這個行列中精神抖擻地灑落一地騷動的二維碼。

漸漸地從金陵春夢中甦醒的我看到酒店落地窗的透明紗幔已經透露出漸漸明亮的光線讓我獨守空床的感受又多了一分寂

寥與空虛於是我索性拉開窗簾深情款款地看一眼被摩天大廈包圍得密不透風的解放碑儘管在常人的眼中它顯得有些渺小但是在我的感覺裡一直是強大威猛無論那些高樓如何狐假虎威都不可能取而代之其偉大現實意義和深遠的歷史意義甚至還有的引申意義而在我看來徒有其表的建築簡直就是無意義說得更不留情面有些東西就是建築垃圾所以我始終對於解放碑充滿敬意也曾把這種意念講述給一個做建築師的女性朋友聽她說於她而言除了我的表述還有由於自身性別決定了的一種崇拜我想你懂的。

我當然懂，這是一種正常的性心理使然。不見得不為人知，只不過不輕易為人道罷了。

早晨廣場舞當仁不讓的這個時段解放碑的確很難見到美女，出沒於此地的大多是美女她媽媽或者美女她奶奶這個年齡段的資深美女。美女一混進資深的隊伍就很容易耷拉著眼皮內心也彷彿對侵佔了她青春的某個男人以愛情的花言巧語對其百般糾纏後悔莫及，問題就在於年輕的女人特別是年輕的美女長相和智商往往成反比再說女人都是愛情的俘虜即使是從一個愛情的圈套中跳出來也會奮不顧身地跳入另一個愛情火坑就比如大家都知道麻辣火鍋味道很沖但就是沒皮沒臉吃了還想吃還比如女人要了還想要的道理如出一轍另據微信消息解放前被俘變節者大多為男性而女性則為堅貞不屈的革命同志所以女人是令人肅然起敬的。

　　應該重新定義解放碑的美人了，那種妖精似的美人在今天已經鳳毛麟角三五成群行走在解放碑四周及其裙帶街角的大多數是穿著打扮暴露得稍縱即逝令人想入非非的靚麗的妹子，她們露胳膊露腿露肩偶爾也走光露出了不該露的地方但誰又能保證這不是一種精心設計的勾引因為愛情對於女人而言是最大的事兒其他的都不是事兒如果你在該嫁的年齡被剩下成為無知未婚大齡文藝女青年那麼就是自己不情願意打折也得被世俗折扣還有一種情況就是過度挑剔男人的女人根本就不知道自己要什麼或者什麼都要最後什麼都沒有了這個情況在所謂的帥哥那裡也同樣會發生。

我可以很負責任地告訴你，重慶是一個很容易發生愛情的城市，解放碑更是一個美女經常出沒的地方也是愛情的常見區和高發區任何人都無法免疫。

愛情是一種病……

真想做隻狗把舌頭伸出來

白晝讓位於黑夜，解放碑的人終於多了起來。重慶太熱了，四十度以上的高溫，讓平日裡解放碑螞蟻搬家似的人影變得星星點點地少得可憐。有朋自北方來，不禁歎息曰，真他媽想做隻狗，把舌頭伸出來。

我覺得我就是一隻狗，在城市裡以自己特有的品位執著地追尋著一份美好的臭味相投。所以儘管我已經汗流浹背，但是仍然一往無前地奔走在千廝門大橋內外貪婪地掃街。雖然有狗眼看人低一說，但這恰恰適應了重慶的環境。我不會放過眼前飄過的任何一個美女，也不會將任何一個偽娘的標籤隨意粘貼在這個城市本來就因潮濕有些莫衷一是並且情欲賁張的裸露軀體上。

經過洪崖洞我又深情款款地凝望了一眼那家和幾個北方娘們早年間聚會過的火鍋店，記得她們被辣得鼻涕一把淚一把還挺著胸脯說好吃。倒是那個懷有身孕的本地女子顯得如魚得水，看著北方女人壯懷激烈的樣子表現出百思不得其解的疑惑。這火鍋有點像愛情滋味，明知麻辣卻偏要吃得個人仰馬翻。似乎不這樣就根本記不住你愛的或愛你的人，所以無論女人來還是男人在愛情前面都有一副賤脾氣。

行至大橋的中間時我看見群青色的天空中忽然一個閃爍的移動光點，我曉得那是即將在江北機場著陸的航班。順著飛機劃過的孤線我看見了霓虹和鐳射螢幕妝點的若干個幾何形組合成的重慶大劇院，好在她還沒有被打扮得俗不可耐。但是我還是情不自禁地向其對面朝天門碼頭自作多情地瞅了一眼，心裡尋思著說不定哪天這個地方也會成為一個新的光污染源。

我的目標是大劇院裡的一家名為「時光裡」的獨立書店，這個名字雖說有些文藝但至少營造出了某種精神境界。所以我不情願將這個地方與其所處環境的整個閃閃發光的外殼聯繫在一起，因為我理解時光裡是一種深情的回憶，是關於史海鉤沉得到的一束尚未泯滅的愛的花朵仍散發出來的滿園的鬱香，在這個幾乎沒有一絲風的晚上悄然開放，讓你的前世今生對接出感人肺腑的故事。

有一個嘴唇性感的美女精心飼弄起熏香讓這個空間裡蕩漾起撲朔迷離的氣息，她身處一束比較有節制的光線下方表情高冷地在臺上演示香道台下也聚集了不少凝神靜氣聽聞香氣進入忘我境界的女人和男人。據說在一周後這裡將舉辦的一個相親會也會伴隨香氛含蓄的情誼綿綿撮合那些單身的男人和女人，倘若他們能夠心領神會地息息相通就一定會找到中意之人。

有沒有人為你守身如玉到不忍自慰

實際上所謂相親大多情況下都是男人女人在尋找一種身體的契合，至於靈魂的相遇則需要高深莫測的文化積累。我相信那些至今還單身的美人兒或帥哥他們的身心早已分解為兩個不同的物質存在，一個是在夜半某個不為人知的時辰猝不及防地出現的生理上的衝動，另一個則為幾乎每時每刻都困擾於心的精神上的渴求。所以從現實意義上理解人生關於愛情的命題這兩個方面都缺一不可，也所以認認真真地對待單身這個問題必須頭腦清醒絕大多數形單影隻的人不是身體的吊兒郎當而是靈魂無處安放。

現實中找一個人或者使用其他辦法解決生理上的衝動根本就不是問題，整個社會的包容度也足以認同不再以僵化的道德準繩來衡量人們的所作所為。我們最大的敵人往往是自己的心理在精神層面上繞不過彎子，面對一個血肉豐滿的人物儘管可以貪圖一時之歡倘若長久相處卻無法避免地在文化層面的溝通上出現讓人是可忍孰不可忍的裂痕。

單身的本質是心的單擺浮擱，就像汪洋中的一條船任憑風雨飄搖而沒著沒落。因為我們身體的焦慮源於類似野獸與神靈般的內心深處的惴惴不安和無所適從，得承認我們都冀望邂逅一個集美貌和智慧於一身的夢中情人，只是夢醒時分的回憶發覺一場遊戲一場夢的時間成本搭上了不可能再來一回的青春歲月，打我們身邊經過的都是一些熟悉的陌生人。

如何解決這個問題翻遍李先生時珍的《本草綱目》都配不出一副靈丹妙藥，從長遠的觀點看問題相親實際上在預期未來的婚姻生活，但是有多少人能夠明白這個包含著無數雞毛蒜皮小事的二人世界裡的相互消耗不僅需要鬥智鬥勇還要具備極大的耐心，又有誰曉得其間性的溝通實質上也是一種文化的對接，面臨高潮的態度和表現也決定了婚姻這個組織結構穩定與否。

很多人都非常羨慕年輕時放浪不羈的豪情萬丈和老伴之間默默無語的心息相通，在關注這兩個情節的定格中間我們很容易對中間過程比如荒誕不經的中年流離失所苦苦尋覓精神與肉身的脫軌，到老了玩不動了才不得不打道回府找一個容得下心靈的居所的男人或女人過起苟延殘喘或者得道成仙都心如止水地安度晚年給後輩們講一些荒唐愛情事故中所提煉出來的感人至深的愛情故事。

我的這番奇談怪論發表在時光裡獨立書店連燭光都不安份地搖唇鼓舌的相親會上，大放厥詞之後引發了大家對愛情充滿期待的現場一陣蠢蠢欲動式的騷動不安。他們有的交頭接耳有的對我指指點點更有比比劃劃青出於藍而青於藍的高談闊論者，我這時有些擔心這樣的口無遮攔是不是不小心砸了主辦單位用心良苦的場子，真的那樣我的罪過可就大到了天理難容的地步。

有提問者自稱是處女說一直守身如玉都不忍自慰堅貞不屈地等待一個自己愛的人的到來執意要把貞操獻給他這樣她就人生就無怨無悔了問我對個事情怎麼看她身著一身很像從戲劇服飾那裡抄來的輕薄面料時裝露肉的部分隱約一種蓄謀已久的引人注目她的提問霎時間讓現場的人聲鼎沸立竿見影地鴉雀無聲我看她漲紅的一張好鬥的小臉真不忍心傷害她的自尊但是看見她滿情的眼神知道如果不給一個似是而非的正能量答案那將是對其更大的傷害。

解放軍影劇院
好吃街小
重庆老火锅
酸辣粉

一篇關於處女的奇談怪論

我迅速掃了一眼在座的各位聽到一個處女自我表白時的各種複雜表情，男人感覺發現了一個寶貝，女人則一臉莫名其妙的鄙夷或是像被人當場脫光了衣服一樣不舒服。但是大家共同的目光就像觀賞一個珍稀動物，可以聽見他們交頭接耳蠢蠢欲動的嗡嗡聲，我這時清了一下嗓子做出要發言的提示。

女人都是天才的表演藝術家，她們的喜怒哀樂往往溢於言表。關於處女情結男人其實比女人更嚴重，他們雖然可以接受現在遇到某個女人早就瓜熟蒂落的現實，但是骨子裡不想讓別人佔便宜的心態卻驅使他們對於弄回家裡的那個婆娘是不是處女這個事兒還是非常在乎。年輕姑娘作為處女根本不足為奇，可是到了一定歲數仍嚴防死守處女的防線莫不是要將自己弄成個出土文物不成。而且所謂處女只不過是生理上的體徵，妳的心理其實早就被破處了否則也不會在這裡義正辭嚴加上大義凜然地宣佈自己是處女。這本身就是一種待價而沽的行為舉止，將處女當成一個砝碼以便在婚姻這個交易過程中使自己得到更大的好處。

不知道妳是不是真的愛過或被愛過哪怕一回，其實無論對於怎樣的男人處女都是一次性消費。把處女當成前提來談婚論嫁未見得是一件可以拿得上檯面上的事情，如此大張旗鼓地宣稱處女的堅持儘管令人肅然起敬，但是我覺得大可不必如此轟轟烈烈到認為自己做了一件前無古人後無來者的事情。妳也知道老處女聽上去並不是一個好詞兒，所以遇到愛就愛好了也不必非得在明察秋毫之後再決定是不是英勇獻身。我這樣說話絕對沒有貶低妳的意思，可以負責任地告訴妳遲來的愛以及後來的男人憐香惜玉的簡直是鳳毛麟角。吸引妳這樣女人的男人要麼老於世故要麼腰纏萬貫，妳應該不喜歡一個愛情動物否則妳也不會這裡大聲疾呼。

可能很多男人都不知道還有這樣的事情，處女的欺騙在婚姻中也屢見不鮮。她們選定在生理週期的某個時間與其伴侶發生關係，讓男人信以為真遇到了一個處女。其實整個過程女人集編導演於一身將急三火四的男人弄得五迷三道，這可能是女人一輩子都不可告人的秘密。基於男人處女情結的處女謊言我想在此不再囉嗦太多，因為這畢竟是個案大多數女人還都沒這個心眼兒。其實真愛更需要滾燙的心而不是尚未拆封的身體，婚姻的堅持則是一種磨合的結果，我想今天到場的各位都是想結婚的人而不是抱定獨身來湊熱鬧的。

這時聽見有人喊了一嗓子，你講了這麼多是不是也對這個處女有意思？

今夜你做不做愛

沒有任何一款男人女人是為你量身定做的，所以相親這件事兒只會讓單身者本來就很挑剔的眼光變得愈來愈刁鑽古怪。這些孤男寡女還沒有上升到不相信愛情這個層次，但是他們對自己越來越產生出不容置疑的猶猶豫豫。

我是作為特邀嘉賓來參加這個相親會的，時光裡獨立書店的氛圍也恰好是我喜歡的調調。來參會的女性明顯比男性多了一些，因為顯而易見的花枝招展而綠葉則多數採取了謙虛謹慎不主動發起進攻審時度勢伺機而動的態度。

一來可以解釋為這個世界的陰盛陽衰二來還應該說明剩女的陣容要比剩男的隊伍要強大得多。這個社會的物欲橫流讓人們許許多多樸素的念頭都被扭曲得極其變態，在婚姻與愛情這個事情上的配對也整得好多人都高不成低不就。

有主動搭訕者但對方無論是男女都刻意保持謹慎的距離，

也有成對閨蜜粘乎在一起扭扭捏捏地玩起了超常自戀的自拍。她們先是擺出一個俗不可耐的剪刀手，然後旁若無人地讓自己的臉擠出十分做作的生硬幸福狀。

從時光裡獨立書店出來的相親人們似乎沒有看見有一見鍾情者成雙成對，大家幾乎差不多都留下了微信溝通方式以便再次勾兌看上去稍稍對眼兒的人。我在門口看見了那個處女及其親友團，她弱弱地試探我可不可以留下電話號碼。

有一個現象已經蔚然成風不曉得你有沒有注意，微信已經悄然完成了從約炮利器到時尚標誌的華麗轉身。留心街上或公共場所的每個人都被統一了姿勢低頭不見抬頭也不見地把手機玩得興趣盎然，但是你必須心裡有數人家加了你微信未見得就是對你的認可留下個電話號碼才說明對你沒有太大的戒心。

我本來打算搭乘輕軌六號線從大劇院到小什字街再回到解

放碑但是看到夜的璀璨臨時改了主意決定步行通過千廝門大橋回到揚子島酒店。披著鋪天蓋地的霓虹燈飛舞的碎片我心情悠閒地橋上邊走邊拍，從遠處看大劇院很像一個烏龜殼忠厚老實地守候著一份愛的承諾。

想起了一首歌的旋律是那啥子《今夜你會不會來》，可是還沒張嘴就把歌詞給弄歪了整成了……

今夜你做不做愛？

其實做愛就是一個脱胎換骨的過程

這次漫長的旅程很多事情的發生都是讓人始料不及但是最終的結果卻一洗山城濕熱的空氣所帶來的渾身上下膩歪的汗珠兒讓人徹頭徹尾感到做愛其實就是一個脫胎換骨的過程而在其間聽到的極度深情的喘息宛如一列轟轟隆隆駛過的火車奏響出來的毫無節制的情緒噴灑間或傳出悅耳動聽的汽笛動靜也伴隨著波瀾起伏似戰鼓催征人快馬加鞭似地蠱惑本來就無法剎車的一路狂奔於騰雲駕霧的不由自主中放任自流地進入一個五蘊皆空的非凡境界接續千廝門大橋上面所見所聞解放碑與江北嘴遙相呼應的霓虹虛無縹緲的場景更替眼前解放碑周圍頻閃的巨幅顯示幕虛頭巴腦的商業廣告預示的繁榮勝景這時再居高臨下地瞧瞧解放碑頂端被燈光漂白得比白天還要性感的不安分的流光溢彩底下廣場星羅棋佈格局下密密麻麻蠕動的行人如織讓人並非無端地想像成這個始終雄起剛直不阿的物體噴薄而出的生命

原始資料此情此景更能夠讓本來就絕處逢生翻漿倒海的海市蜃樓幻化為層巒疊嶂的山重水複那根堅忍不拔的指揮棒更使得陷入銷魂時分的飲食男女在重慶森林的迷途中豁達大度地進入了尋死覓活舍我其誰大喜過望的漫遊體驗區間與此同時的陡峭山峰倒影映襯出一個猛獸一般尤物眼中的高聳而在另一個出神入化的當口茂密叢林也以翻天覆地的變化從鬱鬱寡歡的旱地饑渴漸漸滋潤成細雨淋漓盡致到每一個根梢的茁壯成長我在柔軟的植被上盲目地摸索前行輕車熟路展開一幅輕舟已過萬重山的美不勝收這時意想不到地產生一種自我否定的義不容辭的高風亮節深深陷入了一種麻木放鬆的潛意識一絲尚存的催眠狀態這時感到自己就是這個世界的當然主宰因為你已經完全操控了另一半自然呼風喚雨的節骨眼兒上聽風就是雨地將深深的烙印順理成章地銘刻在其滾燙的熱土上而一股熱流恰在此時推波助瀾眼

下的天翻地覆瞬間即逝的頹廢都以心動異常的旋律令堆積情感的悶騷頃刻間一瀉千里潰決突破了所有的防禦體系而犧牲者以滿懷深情醉生夢死的迷離眼神勾魂攝魄地凝神傾聽天空與大地交換著依依不捨而身心的飄移也隨波逐流地經過了波濤洶湧澎湃地步入了另一個山水默默無語相擁的章節。

墮落是美麗的

整個夜晚像一場夢，迷離恍惚卻又是真實的存在。我們是夢的製造者同時又是追夢人，彼此互為觀眾醉心於對方沒有任何表演痕跡的傾情投入。當洪水猛獸相遇的時候一定會攪起軒然大波，一個處女對於性的貪婪也因壓抑多年的欲望得到滿足而甘之如飴地虎咽狼吞。不想仔細描述我們是怎樣的一拍即合其實一個眼神兒便可以解決所有的疑慮，這個世界上本來就沒有真正想守身如玉的女人至於守玉如身的概念也只是一個時間節點控制在什麼分寸的問題。

同步的高潮秘而不宣其實只是我們都已經心領神會但殊為難得的珠聯璧合這絕對是一種可望不可及的奢侈享受，問世間有多少女人通常在男人一蹴而就落荒而逃蜻蜓點水自我滿足的洩欲裡過著委曲求全的日子而源於心靈底層的極度渴望卻得不到滿足。而解放碑的夜色與室內幽深的燈光絲絲入扣地交織在一起渾然天成一種深不可測的誘惑力於空氣補給的過程中滲入了我們每一根因高潮打開的汗毛孔，落地窗已經完全失去了隔擋作用室內外空間全然融會貫通。

細雨悠然地打在解放碑上從頂端光滑處滴水不漏汩汩流入基礎的底層沁人心脾流淌到廣場細密如織的方塊狀磚縫然後匯入長江和嘉陵江在朝天門碼頭渾然一體的耳鬢廝磨你中有我我中有你地抱成一團滾滾東去，我在清早天將亮未亮之即碰到其平日裡無法觸及的敏感神經對其講述了我在尚未消褪夜色裡鬥志昂揚的體驗所領悟到的意象她說她其實整夜都沒有睡著一直處於翻江倒海的心理掙扎捫心自問是不是這樣是一種無藥可救的墮落。

說著她情不自禁淚如雨下疑似窗外的雨滴飄落在我們的心頭在此面目表情和身體的表演都暴露無遺展現出一種令人銷魂

傷神的大美的燃情時刻我實在無法自控地讓相機的快門聲鏗鏘回應起來她也隨波逐流地在風雨飄搖中將自己的身心完全打開就在此時此刻我彷佛聽到了花開的聲音而她怒放時刻的朦朧與淒豔讓我完全進入了一種空中無色無受想行識無眼耳鼻舌身意無色聲香味觸法無眼界乃至無意識界無無明亦無無明盡的豁然開朗。

夏天到解放碑看美女的屁股

我們每天早晨，都在等待著夜幕降臨。這個下意識的行為儘管不是存心故意，但是結果總是那麼不由自主。夜晚能給我們帶來什麼呢？是光天化日之下醜陋的掩蓋，還是對於某些嘴臉塗上一層虛偽的色彩。好像都似是而非，但無可奈何又似非而是。

這個夏天我在重慶呆得很久就連我自己也都沒有想到，想起早些年我在這個城市裡以工作的名義停留，但是我卻不能說自己瞭解這個地方。當年解放碑的美女如今應該已經老了吧，那麼現在很多人都說渝中區的美女不如江北多。這個說法並不令我信服，因為普羅大眾眼中的美女都是對一張漂亮臉蛋兒的評估，而在我的這把年齡不可免俗地視線下移更多關注了美女的屁股用文縐縐一點兒的詞來講就是臀部。其實無論是渝中還是江北美女都有一個共性，那就是她們都穿著暴露特別是小短褲將大腿的驕傲自滿和屁股的包圍都武裝到了牙齒，如果再挺起高聳的胸脯，從整體來判斷最後得出的結論一定是美女無疑。倘若你再不明白那我就講得更直白一點兒，其實美女出沒的地方就是大屁股和小屁股悠來晃去的矩陣形成的一道令人顛三倒四的風景無論你多麼一本正經或者幾本不正經都難能可貴地垂涎欲滴成一隻坦誠相見的色狼。

沒人可以記住你在某個並沒有精心設計的剎那輕軌鑽進的那個山洞的樣子，但你極有可能因此而記住了一個你曾經停留過的車站。這個早上趁某個還在熟睡我獨自一個在解放碑周圍毫無目的地晃晃蕩蕩突然想起我在北京遭遇過的一個重慶妹子卻怎麼也記不起她姓字名誰了但是我卻難忘她的屁股傳遞給我的大盤利好消息我也有心找一找她也許她早就嫁為人妻並且已為人母但是她的音容笑貌卻揮之不去也因為她我總是不知不覺地將後來遇到的女子的底盤與其比較其實有這個毛病的不是我一個，很多人也總是情不自禁地將後來者與前任相比較也知道這個沒有必要因為人比人得死貨比貨得扔可是有很多事情尤其是愛這個事兒就是忘不掉再比如你意淫的時候總是幻想那個與你勁兒往一處使汗往一處流得十分和諧的異性所謂心思縝密的精品男人也無法正視一個女人身體上的任何一點不足所以他應當是一個完美主義者。

完美主義都對愛情是有很高要求的對於他們來講愛就是全部而所謂做愛就是遊弋於生死之間的一種成人遊戲其實人骨子裡是勇於犧牲和善於犧牲的不信你就問問那些做愛的男女在那個時候是不是都將生死置之度外而得到的死去活來的地獄天堂體驗也如絕處逢生那般驚心動魄。

天完全亮了，我的眼前是解放碑還有美女們風情萬種的屁股。

做愛做之事　交配交之人

天突然涼快得有點像北方，但是我喜歡重慶的熱。這樣的十分賤皮子的說辭一經表達，便引發了在場的人的驚訝表情。

我不過是實話實說，因為平日裡我們出汗的機會不是很多，特別是北方燥熱的風讓我們誤以為是涼快但實際上卻將所有的實火都悶在了五臟六腑及其身體的其他部位最終成為破壞我們自身機能的隱形殺手，所以當我徒步從解放碑經過小什字街行走在東水門大橋上時儘管汗水濕透的衣衫但是渾身上下通透的感受卻猶如一場做愛的完美風暴一樣令人忘我地陶醉其中不忍駐足。

長江和嘉陵江同時漲水了並且兩江交匯處在朝天門的對面看上去江水滔滔攪合在一起的翻來覆去突然讓我的心情驀地平靜得像是一部默片只能從畫面上解讀眼下的波瀾壯闊，我想起年輕時關於生命的理解那個時候我們自身其實是不理解意義是不是真的存在的而所有可以表達出來的言行只不是過淺顯地背誦著被刻意洗腦而我們卻不知不覺接受了的許多謬論而我們卻自以為是在長大成人的過程中埋下了妨礙自身茁壯成長病根在此後需要花費相當大的時間成本來正本清源而與我們同時代的人還有許多執迷不悟地往死胡同裡面鑽並且仍然振振有詞地堅持歪理邪說實在找不到出路的另一部分人則試圖在宗教中找到出口。

下雨了……我喜歡雨天……我喜歡雨天不打傘……

我覺得這是對雨的尊重，就像一個女人對於一個男人的全盤接受是不需要採取任何抵禦措施的所以雨的到來當我散漫地踏在佈滿了青苔映射天空反光的石板路上時任心情悠然地飄向任何一個莫名其妙的地方也不必追問為什麼其實也不為什麼就這樣便是人生的不需要追加感嘆號的體驗過往的失意在當下濕意的滋潤下以詩意的形式豁然開朗為文藝的情真意切。

你對你自己滿意嗎？

突然遇到的這個問題的是身居東部長江入海口的一個大城市的小女子在微信中提出來的本來我不想回答這類不疼不癢的問話但是人家又十分尊重口口聲聲地以老師相稱這樣我就不能不裝得像一個人類靈魂的工程師那樣認認真真地回答她說我對自己很滿意每天的行形攝色已經成為我的一種生活方式做愛做之事交配交之人不曉得將在哪裡停留所以可以把任何一個地方都當作歸宿當有一天走不動的時候就爬爬不動的時候就苟延殘喘堅持一下自己但絕對不苟且偷生這樣一來你是不是覺得我也是一個非同一般的人物其實我本來不是物在大千世界裡可能連塵埃都算不上倘若行走坐臥的過程中有幸遇到一個可以同行的人哪怕只走一段路也心存感激讓自己心底裡滿滿的愛填補任何

一處沒著沒落的空白讓自己也因此而充實起來。

我不知道她聽明白了沒有但我隱隱約約地感覺她在不懂裝懂拿出一副很乖的樣子這麼說吧所謂道理都不是別人給你講明白的個人的身體力行就如我現在大汗淋漓身心通透得心情舒暢當我把這種感愛說與人聽時有些人表示不理解也沒關係因為許多個人感受歸於心的體會是一種靈通而不是刻意死記硬背所能解決的途徑。

渝都大酒店

感官刺激

不知從什麼時候起，距離現在好像也沒有幾年。我對市井越來越表現出濃郁的興趣對大街上徒有其表的繁榮昌盛越來越覺得虛頭巴腦。但我不喜歡所謂古鎮被喬裝打扮成歷史悠久的裝模樣，或是我更對藏身於都市里的村莊倍感親切。那本不是我生長的地方，只是每一次觸情生情的自作多情都令我如邂逅一個心底裡反覆描摹念叨的丫頭一樣喜出望外。

喜從何來？後來她說可能就是那一絲淡淡的鄉愁讓人流連忘返地把別人的異鄉當成故鄉來借題發揮出個人鬱鬱寡歡的情懷，我們在世俗氛圍中的優雅也終於以俗不可耐形式表現出來並且與被歲月爆漿的街道水乳交融得渾然一體就像長江與嘉陵江交匯過程中的你中有我我中有你。

陽光斑斕地刺激在拐彎抹角街區的頹廢的老牆上讓人讀出的滄桑有時不免催人在心裡落淚，這是一種年輕時因男女情事而引發的小資情懷哼哼唧唧截然不同的大美之旁徵博引過後的終結也大概屬於一脈相承的枝繁葉茂。聽著石板下稀裡嘩拉的流水聲響，聽他們說底下是一條不甘寂寞的暗河。

那些高貴的腐敗所蘊藏的文化肌理無疑是歲月傑作的大開大合，我在喝茶的時候已經漸漸吃不到茶的味道但些許細緻入微的感覺又絕對不是平白無故的解渴。在一幢破舊的房屋前停下來也說不清道不明是否由於藤條枝蔓編織成的經緯試圖鋪天蓋地的欲蓋彌彰，我甚至搞不懂應不應該稱那個女人為文化人。

可我明確無誤地感受到她在世俗的污泥淖水中脫穎而出得塵埃落定，她那糞糞糙糙的一張嘴開合得恰到好處將情緒控制在遊刃有餘的分寸。我在這裡也遇見了喜歡聽故事的人但我卻是一個習慣於讀故事的人。在小心翼翼地登上非常容易踏空的浮梯上了房頂陽臺才發覺這裡如果一絲不掛與環境更為搭調。

但不是所有可以坦誠相見脫得乾乾淨淨的男人女人都是天生的一對兒，我在細述個人心路歷程的時候難免磨磨嘰嘰得有些詞不達意。怎麼就可以輕而易舉地忘卻了以愛的名義整出來的那麼多的理所當然，當局者迷的強詞奪理在旁觀者眼裡只有看到孤帆遠影那會兒才會體悟出真正的感官刺激。

等到風景都看透，我會陪你的細水長流。

我不是一個好人　也不是一個壞人

我把在一個城池的訪茶之旅當成一件煞有介事的圖謀來描繪的時候難免帶有俗不可耐的塗脂抹粉成份，事實上我對茶也沒什麼研究而在某個突然邂逅的茶肆看見沖茶的小妹風姿綽約也偶爾會引發色膽包天的勾兌念頭。其實大多數人都不懂茶所以當有人把茶吹得神乎其神大家引頸傾聽之時那個人其實已經露怯，我理解茶的深刻在於回甘而不是你在入口的剎那嘗到了人云亦云的所謂滋味並且大多數人都不懂裝懂被帶到了溝裡。

吃茶也無須隆重得將工具置辦得門類齊全也沒有必要非得講究年份來充當談資表示你對茶的由衷敬意但在骨子裡卻搞不懂茶的年代久遠究竟意味什麼，我也越來越樂於承認我就是一塊行屍走肉還像一隻無人照顧的喪家老狗每天都低眉俗眼地鑽進一個不會在事先設定好的地方隨心所欲地拍照還饒有興趣地稱之為掃街間或有美女經過的時候也雜念叢生地聯想到她的裙底風光以為看不見摸不著的地方才最美其實真是個不小的誤會。

除了茶還有一個屬於液體的東西讓我開心那就是酒而且一定得說明白酒才是我的最愛不過我對其他酒類品種也絕對不嗤之以鼻但是我要聲明不喜歡在一個人們拿腔作調的社交場合那些刻意將自己打扮成名媛紳士地痞流氓和三流娼妓口是心非笑裡藏刀一門心思想把上床前戲整得繪聲繪色品學兼優以此來標榜與眾不同手裡捏著紅酒杯四處搜尋獵物將杯中類似女人陰道排出的經血晃動著走來走去裝得像個什麼似的。

我覺得自己很像一個城市的拾荒者經常出沒於並非旅遊景點的人跡罕至之處也時不時地注目悠悠寸草讓內心波瀾壯闊得大開大合以此讓內心徹頭徹尾的孤獨愴然涕下不廢江河萬古憶往昔少年的聽書掉淚和顧影自憐都因為少見多怪的生理反應而

在見多識廣身心修為之後的豁達大度驀然回首反思愛與不愛的問題本來就不是個性別的存在真正要義既便是異性之間的無性別溝通也如春風化雨讓人醍醐灌頂恍然大悟。

信不信由你，性不性由我。

我不是一個好人，我也不是一個壞人。

他媽的……

事到如今……

說這話的時候我突然忘記了我要說什麼事兒，有時我也不得不檢討一下自己像現在這樣成天到晚的東遊西逛無所事事是否有辱我年輕時的志存高遠，那麼反思一下當時的理想儘管當下看來覺得有點兒不著邊際但最起碼內心深處篤信的要義還能讓我以純真的執著一往無前地奔向某個目標，雖然眼下也談不上玩物喪志可是對於茶和酒或者女人的興趣令我不知不覺地沒了追求甚至以一種沒落的心態處理了所有的問題也就是不把任何問題當成問題了。

你喜歡重慶嗎？

在經過長江大橋乘夜色如水從南岸前往解放碑的路上一個新結識的朋友問我個人對這個城市的好惡，回答當然是肯定的因為對一個地方的感情大多緣於青年時代在心時打下的烙印不然的話我也不會有時竟然詞不達意地不知所云。重慶被稱之為山城這也正是它的個性只是對於山的認識昨天與今天大相徑庭，很多人問我為什麼你的文字不加標點符號其實我也不是急三火四因為一氣呵成的情感接連不斷任何一處的關聯都事出有因不可能人為地強加出斷章取義的矯揉造作。

那麼為什麼你的文字和影像的表達總是透出那麼一絲由來已久的邪門歪道讓人著魔或者厭煩，我不想解釋我心地善良得就如一泓清水乾淨得可以穿透陽光直探深不可測。有一天我與一位至少是十八年前同時來到重慶的年輕人坐在一起小酌，見他眼角堆積出來細密的紋理黑髮中已經滋生出來不安分的灰白讓我們唏噓感歎了一把人生無常一天太長一輩子又太短所以回憶有時候看上去像個笑話只是我們在一笑了之的情況下內心卻是複雜笑不出來了。

年輕的時候我們不懂愛情其實問題在於我們不懂女人當我們談論愛情的時候試圖談論女人可是對於女人的膚淺認知還停留在生理層面上當我們深愛的那個女人老了才曉得移情別戀的並非我們心猿意馬而是對於青春誘惑力無法抵禦也說不清楚自己到底是什麼時刻一下子就流離失所了而且還受用了這種在常人看來很不穩定的生活所以也時常把與茶的邂逅當成一次豔遇不刻意解說口中含蓄的五味雜陳我的前面曾經禍害過我們的人都已經老得不成樣子了。

人生啊！他媽的。他媽的，人生啊！

到何處尋找我們的精神病根源

回想一下早年間我在重慶是沒有任何成就感的由於我毫無思想準備就陷入了泥潭就像當時黃泥滂那個地兒滿是塵土飛揚根本不像現在這樣樓房鱗次櫛比但我仍然志存高遠彷彿我正與時代同步的從事的工作也意義非凡在身心疲憊地熬過一個又一個白晝與黑天之後終於明白我這樣的人完全不適合在江湖中混而我當年並沒有認識到所處環境的惡劣與複雜雖然現在看來非常簡單但是對於我這樣一個抱有藝術情懷的人而言還是自娛自樂為好這麼說吧當時認為的壞人如今仍然好不到哪裡去只是對與你擦肩而過的人你已經釋然得無心計較人混得好與不好只有自己知道可是必須承認我對重慶的情感從那時就植根於內心深處每次後來的觸情生景都讓我情不自禁地想起與我有關聯的人並且偶爾與那些人見面心頭也是滿滿的回憶也不能說人家沒有未來但那不是我心中的憧憬他們

按部就班我則恬淡地對詢問起我角色的朋友講我是一個資深無業遊民他們羨慕地說我過得許多人都嚮往的生活這種日子也不是我故意走到今天因此我打心眼裡感激過去扶我上戰馬的人儘管我不是一個逃兵不過我的惰性和藝術思維只能將自己當成散兵游勇用單打獨鬥的拼搏精神謙虛謹慎地待人接物逐漸修行得德高望重將從前的不解風情得心應手地調理成舉重若輕的無邊風月所以我在嘉濱路一個叫泡酒的店鋪當我聽說早年間一個暗戀我的女人的故事時仍然抑制不住心中的澎湃洶湧也深深地知道了自己的至真至純還沒有泯滅也無法深刻檢討自己這麼多年是否真的就像人們傳說的那樣情色燦爛偶爾在某個街道的轉角邂逅美女如雲也會不為人知地獨自欣賞其年輕因每一回熱血沸騰都將其渾然一體地洗盡鉛華令自己脫胎換骨地改變心高氣傲心如止水心安理得享受當下再回

首才知道無常即平常而不裝才是人生的最高境界。

有一天白天，我不算心血來潮地撥通了那個暗戀我的女生的電話。知道她已經遠走他鄉依然故我地過著一如既往的藝術生活，這時我覺得她像一面鏡子照出了我滿身的俗不可耐。明明知道了暗戀現在說破也沒有任何意義時過境遷的單戀終於讓我聽到了輕輕的叩門聲音我以為更應該讓其像一曲眠歌伴隨我們繼續在夢裡漫遊對於過去暗戀我們的異性除了心存感激也無需狗尾續貂地自作多情。過去的好時光好就好在已經過去了彼此間留下的都是美不勝收，我發現我已經老了老得根本無心泡妞雖然有時候劍拔弩張地弄得五光十色但遊來蕩去所追尋的一分歸屬感卻是苦苦尋覓著一個精神家園也心知肚明這個時代的精神病根源在於人都沒了孩子樣兒整個社會以集體墮落的形態弄虛作假睜著眼睛說瞎話。

看得見摸不著的那個人也許最好

所謂成熟其實就是可以平心靜氣地面對憤世嫉俗，那麼我在這個或那個城市的行走所邁開的步子也顯得不緊不慢自然就是我的心情使然。我發現人們大多數都很缺乏耐心急功近利地都想掙到快錢，但命中註定的結果仍然很難改變。

故事講到今天我差不多已經不想說話了，我還不能判斷人們眼中的我到底是一個什麼德行。年輕那會兒往更遠了講應該是小的時候我就特別在意旁人對我的評價，所以總是不知不覺地將自己弄得像個好人似的實際上也真的沒有什麼邪惡的念頭。

這樣一來二去我就長大成人了也慢慢地體會了人間的辛苦甘勞，平時我不太愛說話很多時候不是無話可話而是不想多說廢話而已。如此下來一個傾聽者的形象也就脫穎而出了，同時也發覺那些愛嘮叨的人心裡都很局促不安。

重慶這個城市對我到底意味著什麼我實在沒有多想可能也因為我想過卻沒有想明白所以乾脆放棄了這種意義深遠但是我又不能一語道破的思考，後來我一而再再而三地來到這個地方也耳聞目睹了這裡天翻地覆的變化無常。

某一天有個朋友問你在他鄉還好嗎我說我終於練就了把異鄉當成故鄉的本領，在父親母親相繼辭世之後我覺得我就像一棵隨風遠飄的小草無論被風吹到哪裡都可以生根發芽直到茁壯成長所以我現在更樂得自我介紹是個資深無業遊民。

有時候也會見異思遷地沿著思想的蛛絲馬跡尋覓過往曾經深信不疑的信念也檢討自己為什麼從當年的又紅又專蛻變為一個無所事事散兵游勇並且不以為恥反以為榮，這個世界還會好嗎這個世界就這樣了其實本來就不過如此而已。

人生的自我否定可以認定為對自卑的超越，他們說偶爾也聽見過我講述初戀那是酒精作用到了一定程度聲情並貌地把深藏不露的內心最柔軟之處和盤托出講述者雖然沒有聲淚俱下但是聽眾卻覺得感人肺腑得一塌糊塗。

你們應該和我一樣以為最好的女人就是你曾經看得見但是卻沒有摸得著的那枝心中的玫瑰，後來我自我否定了一把痛改前非檢討了我的這種自欺其人是多麼的理想化其實女人都差不多雖然也差很多但總而言之還是沒有多大區別。

其實無論是女人還是男人都在尋尋覓覓的過程中希望遇見一個即暖心又暖身的物件，只是後來隨著時光的流逝逐漸心裡發涼身體也就不那麼聰敏當年愛的死去活來說好了的白頭到老還沒等到一定歲數就華髮早生冷漠得如同路人了。

一個男人一定是在與女人的摸爬滾打中成長起來的由於身體堅硬的那部分除了結實彈性也成為富有表現力的不可或缺的

一部分所謂如魚得水就是在不堅不慢與或疾或徐的出來進去中得到身心的寬慰就像重慶輕軌那樣怡然自得。

男人希望女人永遠是柔軟的，女人則希望男人始終是堅硬的。

可能嗎？

茶

女人一旦花起來比起男人更有過之而無不及

一個既有夜生活又有性生活的城市一定是個迷人的地方，重慶就是如此。

對於我經常口無遮擋的胡說八道有一部分人大加讚賞也有一些人表示態度堅決的嗤之以鼻。山城的魔力在於美女，這是讓許多外來男人神魂顛倒的理由。有時候我不得不佩服人類的非凡創造力，這種類似做妖的舉動在彎彎的山道上使得繁榮昌盛與貧窮落後並駕齊驅，由此而盎然生成的一副瑰麗或幽深的圖景都讓人覺得美不勝收，無論在解放碑還是在北城天街看見姑娘們悠揚的大長腿以及昂揚晃蕩的屁股如果不想入非非才是一種天理難容的罪過。

我突發奇想要在揚子島酒店 2509 房間那個看得見解放碑的視窗每隔一小時整點拍下一段視頻，這種有點強迫症病變的舉動在經過一整天的堅持之後終於讓我感到了身心疲憊。可是那個解放碑還是一如既往地堅忍不拔，行走在其身下的星星點點的行人在星羅棋佈般的廣場步道上如同一隻螞蟻渺小得極為可憐。也有女人在觀看了我的這些影像後就像發現了一個驚天的秘密，她說越看越覺得解放碑的形狀特別像那個東西而四下散落的人流比如噴射出來的蟲子拼命地遨遊到某個深不可測的空洞，講這個理解的片刻我們乘坐的輕軌從東水門大橋上轟轟烈烈通過肉色的橋身鑽進朝天門碼頭底下的山體我說極有可能我們就在解放碑底下，而這種出來進去的感覺讓人驕奢淫逸得匪夷所思。

從臨江門站出來我們一頭紮進了一個名為角落的酒吧要了兩杯咖啡，她讓我講講重慶的女人和成都的女人有什麼不同，這時我恬不知恥地大放厥詞我說山城妹子比較火爆成都姑娘喜歡犯嗲，但她們都有一個共同之處就是褲腰帶的分寸把握得很好因此她們都敢愛敢恨統統對得起自己的放任自流的青春而不會讓年華白白地像江水一樣流掉。

她聽罷深情款款地望了我一眼嘴上嘟囔什麼話一到你那兒就能弄得情色燦爛將夢想與神話和現實與怪誕詭異地嫁接在一起其實這是一種赤裸裸的勾引你還別說女人就吃這一套不然的話那些壞男人也不會屢屢得手在愛情這件事情上無論外表多麼倔的女人最後都不可能成為贏家。

我說愛情這個事兒其實就沒有輸家和贏家最後兩個人全都半斤八兩地扯平了女人一旦花起來比起男人更有過之而無不及。

滾一邊兒去……

她說。

男女之間的床上旅行是孩提時代遊戲的繼續

時間會抹去很多記憶，所以我養成了每天早晨整理生活素材的習慣。那些看似毫無關聯的印跡事實上是存在著內在必然的聯繫的，經常被我們忽略的生活細節了反覆出現讓我們感到好像在夢裡見過可在現實生活中的複印又不免又讓我們心生疑竇。好多事情都不容許我們輕描淡寫地一帶而過，比如昨日黃花與今天見到的容顏衰敗的半老徐娘很難說就不是同一個人。可是我們卻要使勁兒地揉一揉雙眼試圖證明只是因為我們的視力問題使得她看上去不那麼可人。

還是想說一下那天疾駛在北濱路上的夜行吉普車後座上我和她是如何拳拳相握，在此之前的徵兆也彷彿沒有出現過準確無誤的明顯暗示以便啟動程式稍嫌複雜的眉來眼去表白。女人還是希冀在燃情時分有一個心儀的男子將其熱烈地擁吻，只是這個舉動不要在大庭廣眾之下或者被有作為第三只眼睛的所謂外人看見。你不覺得愛情很像一個肉身當他們緊密地結合在一塊兒的時候本質上完成了一個去偽存真的舍我其誰的壯舉也因此認為感人至深的也只有當局者。

我還發覺，男女之間的床上旅行原來是孩提時代遊戲的繼續。

或暗或明或者或明或暗，解放碑在迎來了一個又一個白晝與黑夜的輪迴這與山城的輕軌從山裡到山外出來進去的感覺隱隱約約起生命的衝動。

嘉陵江宛如一條被太陽烤化了的黃金緞帶夾雜飽滿的情緒緩緩流逝到朝天門與長江緊緊地抱成一團。我還是喜歡將其想像成如膠似膝的一對情侶經過久別重逢波濤洶湧澎湃地做愛那般難捨難分。很顯然，我是一個無意書寫情人之間苦痛的旁觀者但有時候又不知不覺將角色轉換成當事人的如饑似渴。我突然閃過一個畫面群星璀璨就像蒼蠅成群結隊地跌落是怎樣的造化讓我所見所聞的女子生得賞心悅目在所謂人類低級趣味的原始行為中竟然會創造出如此迷人的超凡脫俗。

可我又是一個不折不扣的俗人。

我也不能確定我愛不愛你

在夏季最為令人惱火的那些時日悶熱的氣流從四面八方浸進身體的每一根汗毛孔讓人煩躁的瞬間感受到的惴惴不安的情形之下，有時候陽光會不明不白地從空氣中態度曖昧地突出其來給這個本來就躁動的空間增添一點劍拔弩張的成分宛如濕熱里加了鹽一樣灼人的難受。

我從輕軌三號線的某一個車站上車只是具體的地點可以忽略不計，因為我的這個舉措純屬因為在某一天坐在一輛車的副駕駛座位看見一輛列車從頭頂上滑過的時候問起開車的司機這是幾號線，那個人沒能給我準確的答覆，我則判斷這就是我今天頂著煙薰火燎的陽光道貌岸然地登上的開往牛角沱的某一節車廂。

在轉乘二號線的時刻我還是在半路上停留了一段不長的時間，利用這個片刻認真地觀察了一下周圍的環境。在大多數人都顧前不顧後的隨波逐流地前往二號線的行色匆匆中，閱讀人們臉上的表情完全沒有他們的肢體語言豐富多彩特別是在這個季節年輕姑娘熠熠生輝得風馳電掣的堅定步伐更使得嘉陵江澎湃的江水滔滔有了怦然心動的客觀理由。

在這個城市經常看到的一個情景就是人們三三兩兩地牽著拉杆箱行走在坡上坡下繁榮昌盛街頭巷尾，他們也許是在尋找一個可以落腳的空間但在此時此刻卻不得不顛沛流離。看到這一幕我也偶爾顧影自憐地想像一下我自己比如那個旅人，在走來走去的一次次開始又結束和結束再開始的奔波中重複然而在內心的情緒積累是益厚重得耐人尋味起來。

這天晚上我存心故意來到人民支路上的一家總是讓我記不住名字但是味道卻使是我念念不忘的火鍋店大吃二喝了一把，我約了一個和我差不多年齡姑且也可以稱之為老男人的德高望重者一塊兒分享其中的樂趣。我看見鄰桌的小妹都長得眉清目秀，而與我勉為其難對飲的一個妹妹貌合神離的高雅端的是有點難受。

這個時代的愛情不是太少而是太多所以人們都悵然若失地分不清愛與不愛和該與不該每一個人都懷揣一份美好可最後總是覺得遇人不淑和自己生氣我也知道後來者聞到火鍋的味道收穫的卻是一杯茶的清涼還有一陣陣散發到空氣中每一個細密分子中的餘音繞道而行而那個小心謹慎試探過愛情的女生終於沒有露面的原因在於太要面子那一天我聽見過她流淚從此之後她與我貼過心後來害怕受傷又與我若即若離我也不能確定我愛不愛你。

就這樣吧……

風雨中的解放碑更加性感

夢做得很真實但又虛幻得像個夢。

我在夢裡將所有在生活中的零亂不加任何修整地傾瀉而出其中包括壓抑在肉身與心靈中的鬱鬱寡歡也都和盤托出或許我真的就在生活中積蓄了許多不為人知自己也不知不覺的不如意可是也不知道怎麼就堆砌在心頭也說不清楚是來不及還是故意沒有表達。

我喜歡一個人貌似孤魂野鬼似地行走關於這樣的行為舉止我好像在很早就表述過了但是這種情緒伴隨著時間的推移大有愈演愈烈態勢也因此我在每一回無論是在解放碑晃晃蕩蕩或是在輕軌上尾隨漂亮妹妹自以為神不知鬼不覺的某一刻對於美的審視過程中都讓自己得到了極大的心理滿足。

就在我拖著行李箱乘著揚子島酒店觀光電梯爬上2509房間後不久我掀開窗紗正想瞧瞧我不知看過多少回的解放碑驀地

發覺剛才一路上的陽光儘管不那麼透徹此時此刻卻被取而代之為淫雨霏霏的細密如織行人也像變戲法兒似的不曉得從哪兒齊刷刷地舉起了五顏六色的傘。

毫無疑問這是下雨了只是這回的雨彷彿誠心要把解放碑經澆透傾盆如注地在廣場上揚起一陣又一陣類似煙塵的水霧剛才還悠閒地圍坐在解放碑圓形底座四圈兒的人們也瞬間作鳥獸散地逃向星羅棋佈在一個雄姿英發建築四周的店鋪只有解放碑自身在獨自承接淫水似的雨的浸漬。

這分明是一場暴風驟雨只是因為我俯瞰的角度讓解放碑的頂端完全暴露在我的視線之內而那個光禿禿的部分當雨水沿著這個東西的尖端順勢而下放任自流到廣場地磚條理清晰每一絲細緻入微之處時所帶來的細水長流的局部風情也使得山城豪放的個性解讀滲入了情理之中的幽婉。

但是我還是要謳歌那個堅定不移地的解放碑在風口浪尖上的篤定任憑風吹雨打也正是由於風調雨順中神情自若因為風動雨動我自巋然不動的堅持使得其在特別的環境映襯下顯現出動感十足的力量力而行也正是這樣的作為才讓我肅然起敬的心情得到了進一步深層次的固步自封。

突然想出了一句與這場雨好像不著邊際但是又有某種必然聯繫的話在每一個地方都應該有一個和你一起喝茶的人或者在每一個地方都有一個和你一起喝酒的人再或者在每一個地方都有一個和你一起做愛的人這個人最好是同一個人也可以是不同的人倘若這個人是和你一樣看得懂風雨的人便是可以托出一生的人。

一個德藝雙馨的老流氓的徹頭徹尾的孤獨

雨過天晴，霧氣彌漫。

我確信那裡的蒸汽讓人如同在蒸籠中一樣熱得難受。衣服貼在身上，就連喘氣也夾雜著潮濕味道。剛才因暴風驟雨作鳥獸散的人群也不知從哪兒一下就冒了出來，我從看得見解放碑頂端的那個房間下來落地到那個碑的根部，看見兩個姑娘飄飄然的大腿在因積雨形成的地面像鏡子一樣的反光映射出的倒影裡潛心閱讀自己所能看到的東西，感覺所有的青春秘密都從緊繃的光滑皮膚裡毫無保留地洩漏出來。而我作為一個神不知鬼不覺的尾隨者用手機拍下了她們，像是舉辦了一個對自己逝去的好時光的緬懷儀式。

那些雨水去了哪裡？都流到長江裡了吧。這個念頭一經產生我便疾步前往朝天門碼頭觀看嘉陵江和長江彙聚的壯觀場景。我已經無能為力描述波瀾壯闊了因為所有的複雜都以簡單的形式攪合在一起，這種感覺也讓我有些情不自禁地鬱鬱寡歡。我知道我是一個看風景的人，但是卻把風景當成了一面鏡子映射出了自己內心的世界。這個時候我突然想到了墮落，一個箭步沖向前去走上自我流放的道路。那個時候靈魂也許會隨波逐流，但是彌漫於整個身心的孤獨感在這個大千世界中都會坦誠相待直白地告訴你我的所思所想。

那間鬧市中偏居於一個角落的咖啡館一定會成為我新的去處，這是我第一回被一個拖著青春尾巴逼近中年婦女的山城風流娘們兒領到那裡就明顯註定了的。那天我們揀了一個透過窗子可能看到外面夜景的相對隱蔽的地方在一杯美式咖啡的催促下回憶剛才吃得甜嘴麻舌的豆花味道，如今我的對面則是一個長著一雙色眼的風情萬種的女子於心不甘地與她自己爭執被拋棄的因為所以而我能給出的答案則是一個男人在他還沒有老到一定程度的時候不容分說就是一個花心燦爛的不是東西因此真的沒有必要想不明白。

一個男人可以委曲求全地做愛但是絕不可以委屈自己的不愛，這對男人來講是一種肉欲精神但是在愛情死氣沉沉的婚姻中他們很難說服自己強打精神浪地裝成一個道德楷模和完美主義戰士但是對於自己偶爾發生的違心的肉欲也難免追悔莫及所以也更所以這個世界突然出現了一些結過婚卻不想再婚只希望在戀愛中找到愛情感覺的人你也可能認為這些人不正常可是往往就是這樣的超乎尋常的自戀的唯我主義者的創造力所散發出來的藝術磁場吸引異性的荷爾蒙氣味劍拔弩張地製造出許許多多戀愛機會。

她說，你可真是一個德藝雙馨的老流氓啊。

北城天街空氣中的荷爾蒙明顯超標

我們每時每刻都在孤獨地尋找和自己一樣至少是和自己差不多的人，所以你們每天參加的各種名目繁多的社交聚會上某些人話不投機另一部分人則相見恨晚。已婚男女希冀在某一回不期而遇的婚外戀中拾遺補缺地找回家庭生活令人不安的煩躁，孤男寡女則期待邂逅相遇在心頭描摹了許久的白馬王子或者是楚楚動人的灰姑娘。大家都顧不上將故事翻到下一個章節就迫不及待地留下了深深的眷戀，以為這個肯定比那個出色保不齊更能製造出些許浪漫的故事。只是現代人的生活越是大開大合心靈底層的封閉就比如春天與冬天之間還隔著夏天與秋天的那把鎖，這個世界被某種邪惡搞得人們都不說實話偶爾聽到一句真言也只能心領神會地表示認可。問題在於墮落也心知肚明自己的墮落卻還要裝腔作勢地指責別人的墮落，當某個宗教最後只剩下了沒有任何說服力的說教並且口乾舌燥也得不到一呼百應便讓人覺得是一種極其可恥的不是東西。

我從解放碑廣場穿過聞著這裡濃郁的香水味道與汗臭的結合雜交為空氣補給中的奇葩盛開於一個少年吹成的肥皂泡宛如鮮花綻開，怎麼覺得每一個人都如同行屍走肉般的我拖著一個想入非非的軀殼奔流不息地四下散去又重新聚集。若有所思地鑽進美美百貨其實我不想買任何大牌子只是目的明確我要進入輕軌二號線較場口站等車，然後應該在牛角沱轉三號線到觀音橋下車在北城天街與一個美女約會其實吧也沒其他想法就是覺得這個世界太吵鬧找一個人對面不談情說愛回憶一下少年兒童時的純真吃一個簡單的午飯然後再到一家可以買到資本主義社會那邊兒製造出來的貨真價實的讀本再要上一杯咖啡也不算是裝逼的生活但是卻可以讓人喘氣也勻稱一會兒。我在輕軌空曠的車廂肆無忌憚地用手機鏡頭橫掃青春美少女如象牙一般潔白圓潤的大腿偶爾也會有個把悍婦模樣鬆懈的肉身闖入畫面，這個情景不由得讓我快馬加鞭在牛角沱一出車門就尾隨著年輕貌美直撲三號線然後在車上迅速忘掉了剛才的不好看在通過嘉陵江後隨著列車插入深幽的洞子裡一會兒又抽出體會進進出出怡人的感受。

突然聽到有人叫我回頭一看正是一個對我有意思但又一直處於不好意思階段的猶猶豫豫的未婚小女子這時我發覺她的臉紅了說話也明顯氣喘吁吁我對自己這種大可不必自作多情的判斷還是稍稍有點兒成就感的只是由於有約在先也不敢多言多語於是就揮揮手帶走了她身上的一絲香水味兒因為剛剛我們來了一個大庭廣眾下的擁抱充溢於心頭的野性的欲望也在此時膨脹得讓夏天更顯得煩躁不安起來。

說好了的北城天街的美女呢？這空氣中的荷爾蒙明顯超標。黃色預警。

靈魂的提升一定會伴隨著身體的沉淪

這些日子，我經常想起一個和重慶這個城市有關的人。說白了吧，就是她生活在這個城市。但我實在無法保證她現在是不是還在這個地方，甚至除了她的體徵與相貌給我了深刻的印象之外就連名字也一時半會兒說不上來了。

我也試圖向與她相關的人打聽她的下落並且認真確認她的姓名，可是他們比我的記憶力還要差一些。所能記起的含蓄不是因為當時年輕的害羞，而是由於內心的某種羈絆讓我始終沒有向其打開我自己亦如我沒有打開她一樣。

其實在我們將自己的肉身交付給一個人的時候就已經給予了其靈魂的註腳，愛的伊始就是一種心領神會是和欲望與肉身相關的一種衝動的表裡如一。可是肉身與靈魂最後的脫節終將難以避免，大多被視為不道德的喜新厭舊。

靈魂的提升與身體的沉淪始終是一對矛盾，我想永恆地做一個孤獨者只是我一直也不能免俗。因此在所難免也可能稱之為難能可貴的違心的肉欲讓我們體驗個人靈魂的不乾不淨的同時也終將不離不棄自己心中目的愛情準則。

也真的無法告訴你愛情長得什麼樣兒，生成的環境往往帶有類似宗教信仰的教條主義的賣弄。但是後來讓人感覺到的卻是任何一種說教都是為了搬弄是非而做的前戲，就像我們所說的愛情就是為了肉欲滿足發明了一個新詞。

我是不是還要執意尋找這個姑娘當然現在的她一定是一個女人了，也許努力的結果只是為了印證當時的好印象也許相見還不如思念來得更為浪漫。是不是還惦記她當年的性感和我猶豫豫放棄的機會難得她因此也悵然若失。

北城天階幾年前我是來過的那會兒有個女人牽手在茫茫人海中的隨波逐流她像是一種設定好了程式的按部就班的重播，

愛情在方便的時候不妨以荒唐的肥皂劇來收場當時悅耳動聽的叫床後來也成為令人黯然傷神的絕唱。

你等來的永遠會是另外的一個人，那麼等待就會成為一尊雕像鑄入了徹徹底底的孤獨。我們的出現就是準備在未來消失，分娩我們的母體的肉身很想讓我們成為她所期望的樣子但是後來我們不由自主地卻將自己流放成孤魂。

愛我！你怕了嗎？

在毫無心理準備的某個時間我們極有可能會遇見一個和你有關係的人，但是某種關係並非一種必然的聯繫只是因為由於個別事情的交織讓你們可能擺出一些百感交集的人或事，後來你們邂逅的談言話語中充滿了回憶的靈感其實你們關於問題的認識還是有不少不同意見的。

我在這個城裡已經很少有山的概念了儘管這個地方俗話說作為山城的理由因為上上下下，我所見裸露的樓宇所聞霸道的喧囂在這個名為城市實則夾雜著鄉村氣質的都會中肆無忌憚把自己表達得超凡媚俗。本來這也正是它的獨到之處他們都說美女或者麻辣火鍋，其實所謂美女哪兒都不少火鍋也不是絕無僅有只有人的性格鑄就了一個地方的風格所形成的品格總而言之如果你對火爆耿直二字還缺乏瞭解或者直觀的認知不妨在重慶的街頭巷尾找一找感覺。

這兒的人的脾氣一點就著有點兒像東北人也是直筒子個性但是如果在外面混了一陣子再回到家鄉為人處世的風格就會明顯改變得小心謹慎也不乏其人工於心計得深不可測。我一再說明過一個人是不是可交不用多說你就在酒桌上看他們喝酒的表現是不是在表演就足以判斷出此人是不是虛偽或者真誠。我們認識的人不是太少而是太多大多數人都為過眼雲煙就像雲煙過眼很難留下印跡深刻，所以很多時候一聽說曾經見過的人卻怎麼都想不起來也不奇怪。

山城有個解放碑這個地標建築比起現在聚集在其周圍的這個那個高大威猛的鋼筋混凝土結構成做足了表面文章的摩登大樓其表現就顯得過於謙虛了，但是它寧折不彎的性格無論如何都讓人肅然起敬得刮目相看因其直來直去是一種物化的象徵也是一種精神的堡壘所以對於解放碑的高山仰止之情在我每一回看似隨意按下快門將其留在底片上的瞬間都賦予了特別的意義比如我喜歡在陽光燦爛中直視其頂端也時常在夜裡瞧它養精蓄銳時段仍然勃勃生機。

很多決定都是剎那做出的就像是瞬間揿動快門那樣根本談不上用心良苦我在揚子島酒店 2509 這個看得見解放碑的房間從入住的那一天起就接連不斷地拍攝直到今天終於被人們解讀出各種各樣的意義深遠和光怪陸離我也樂得其所越來越覺得這個可愛的尤物讓人十分歡喜實話對你說一開始我還沒有強烈的意識如今每天我都抱著解放碑入睡總有一種欲望衝動在夜與晝的交替中也風雨無阻地感受了解放碑的強大與心潮澎湃和勇往直前的大無畏。

愛我！你怕了嗎？

好男人好女人都到哪裡去了

我發覺這個世界有一些等待男人來愛她的女人，她們做好了做妻子和母親的所有準備，無奈就是碰不到一個合適的男人。這樣的女人往往用外表的強勢來掩蓋其內心深處不足的底氣，在尋愛的路途中已經疲憊得上氣不接下氣。她們甚至考慮過放棄，但是出於女性和母性的本能她們卻執著於回歸於本我，試圖努力尋找一個溫暖的懷抱繼而在傳宗接代的過程中發揚光大自身的完美。但是結果往往差強人意因為期望越大就失望越多，所以關於她們的心靈深處的傷痛以及在行為舉止上的自暴自棄在一個個失眠的夜晚將自己糾結的情緒鋪張浪費成幾隻酒瓶或若干支香煙只是這個妄圖戒掉所想所思的種種嘗試都以失敗而告結束縈繞於懷的還是關於男人拿不起又放不下的那些不是問題的問題。

她們也經常發問，好男人都到哪裡去了呢？

好男人原本是不存在的就像根本沒有所謂好女人一說。發現我越來越善解人意尤其是關於女人的問題更像一個似是而非的專家學者針對某些問題女人來傳道授業解惑，其實關於情感的問題我從前也是滿腦門子官司有許許多多的事情都搞不抻頭。我在北城天街一個成天到晚到處搜羅民國老布的一個女人那兒看見了若干個看上去表面上平波秋水但實際上一眼就看得出是狂瀾深藏的孜孜不倦地追求某種道德情操的楚楚動人的中年婦女，她們渾身上下自然而然地散發出來一種沁人心脾的女人味道讓我在溫故知新的豁然開朗中恍然大悟作為一個男人我所追求的不過是像子宮一樣可以緊緊依偎的貼身又貼心的一個空間。這樣的地方我們的母親曾經無私地給予過我們但是當她將我們分娩出母體的瞬間我們對這個世界的五光十色竟然禁不住誘惑地誤入歧途並且由於作為男人的本能把自己的花天酒地整得光怪陸離。

我們很多人包括被我們景仰的那些徒有虛名的文化人都不敢直視自己當下的真實生活，他們要麼一頭鑽進典籍裡煞有介事地蠅營狗苟出史料中的道聽塗説署上自己的大名要麼完全徹底地沒了追求一門心思地將文化食材煎炒烹炸出一桌不倫不類的官府大菜混得有頭有臉讓文化墮落成為流氓的化妝品來為自己塗脂抹粉粗俗不堪地拿出一套令人作嘔歪理邪說。

這個早晨我又被解放碑廣場高音喇叭歇斯底里的吵吵鬧鬧的叫囂從夢中喚醒，從我所居住的房間看見重百大樓下面一群統一服裝穿著打扮得有條不紊的女人在廣場舞蹈的搖頭晃腦百無聊賴的動作中與她們顯然已經逝去的青春作頑強的抗爭。此時此刻我一絲不掛地站在落地窗前出神入化地想入非非太陽也通過不遠處摩天大樓的玻璃幕牆反射到我赤裸裸的肉身上而且在那個蠻荒的之處穿透細密的遮蔽將光線直擊至平時見不得光明的那個東西。

我的眼下是解放碑，無論白天黑夜還是颳風下雨都忠於職守自己的本份。

重慶火鍋味道有點兒像愛

有時候覺得自己已經死了，這便是我們彼此心心相印時得到的快感和安慰進入了一種精神昇華到蒸蒸日上的狀態所體會到的犧牲品格。這種品格是與彼此之間的品行與意念環環相扣行為導引使然令你完全忘卻了關於道德規範的包裝和言行舉止上的照本宣科。

如果我嘗試用零星的符號組合出一個城市的面目表情，那麼解放碑理所應當首當其衝地處於中心位置。在一個陽光燦爛的午後我站在揚子島酒店 2509 房間的落地窗前俯瞰解放碑下密集如織的人群並用手機拍下他們的投影發到網上之後，一個朋友戲謔地稱呼我的這個動作是在數螞蟻。我對他的這個類似於創舉的比喻有點欣喜若狂般地全盤接受再看看這些行人有相當一部分打著遮陽傘以躲避日光的浸淫，繼續發揮了一下感覺當時的情景就如同兒時看到了螞蟻搬家一樣眼瞅著一個個洞穴吞噬了他們的身體一樣感到非常舒服。

所有談情說愛的目的都是為了做愛更有意義可是實際上只有在那個不帶有任何功利或者交易色彩的前提下這個事情才會心安理得並且讓人理解為乾淨利索，我怎麼都想不起來了這個城池中曾經與我有過魚水深情的那個女子到底姓字名誰了可是當我以不知不覺尾隨又在情理之中走失的某個性感的臀部的扭轉乾坤的力量驅使下總還會情不自禁地想到她也清清楚楚一張唇紅齒白的小臉賦予了我心靈底片上的意義遠非現在不加任何修飾的愛情更為珍貴。

這個人也許我在解放碑曾經擦肩而過但是就只有一步之遙卻讓我們失之交臂，我也會把這個夏天幻化為那個冬天其實我在這個城市漫不經心以掃街的名義拍攝的過程中也幾次衝動地想要找到我青春停留在十幾年前的背影和她的樣子但是總會被莫名其妙的一些理由淡化成隱藏在心裡的一個願望而未能成行。

光天化日下的赤身裸體比夜半三更裡的苟延殘喘更容易引發男女之間的情之所致，那些未開的金石只是尚未遇到一個可以打開其天然縫隙的一隻金剛鑽而已。這個世界上真正意義上的流氓根本不是侵犯了你的身體的那個骯髒的軀殼，意識形態上的姦淫比對於血肉之身的強暴更為不堪忍受但是發現很多人都表示非常快感並且叫床的波段與頻率都彷彿如出一轍地訓練有素。

這麼說吧，我喜歡重慶火鍋，味道有點兒像做愛。

爺們兒永葆青春的秘密就在於男人本色

中年婦女一般在青春期虛度年華之後基本上會在心裡重播一段或幾次撕心裂肺的愛情故事這當然是年輕搞物件時不靠譜的挑三揀四折騰出來一想起來就差點兒痛不欲生的衝動發揚光大出來的勵精圖治她們對男人的認知是以自己身體的墮落為代價的只是在若干回將自己剝個精光之後仍然停留在浮皮潦草地對異性的評頭品足而後再浮想聯翩也許另一個可能更有一種對失意或詩意的安慰極有可能讓她們重新談一回戀愛然後選擇一個結婚的物件她們都不會確認現在的男人無怨無悔所以生命中不能承受之輕的是愛情那麼不能也不得不承受之重的就是生命本身的歸宿沿著一條彷彿事先鋪設好的軌道不能自已地前行。

我在從輕軌二號線轉三號線再從紅旗河溝轉乘六號線的整個沿途出來進去看到的風景令我產生許多奇思妙想也設身處地從那些被鑽過的山洞自身的角度思考了一下它們是不是記得曾

經鑽過其身體的究竟是哪些列車會不會它們也會以此炫耀一把舒服的快感和瞧著機車氣喘吁吁勞動山體也因此失去理智地體會欲死欲仙在這個酷熱的夏天姑娘們絕大多數都是逼近屁股蛋兒的小短褲露出閃亮的大腿這也讓我明白無誤地感受到了夏天裡的春天是多麼地火爆其實吧我還是喜歡如同象牙一樣圓潤的皮膚貼在她們的血肉之軀上表現出極度光滑細膩的質感這樣的女人在床上也是一件不可多得的藝術品即便不上她們光是欣賞也是一種享受這個念頭不見得實現讓人想想也是醉得不輕了。

　　我最後還是在觀音橋下了車隨大溜兒也不管是哪個出口上去在熙來攘往的人群中徹底湮沒了自己這個時候下意識地反觀自身其實在琢磨在別人的眼中我也是一個行色匆匆的過客拖著一副肉身走過這個特定的時間和地點純屬偶然頭腦中也不見得一閃而過高尚的念想也許極有可能邪門歪道的想法占了上風比如我必須承

認在此時此刻我就貌似漫不經心但實際上卻習慣成自然地目光緊貼著美女圓潤飽滿步履輕盈的大腿心裡生發出如同滾滾長江東逝水那樣一股子緊接著又一股子推波助瀾的快慰這麼跟你說吧在我這把年齡這種所作所為似乎有點老不正經只是我也真的願意和你認真探討一下關於男人永葆青春的秘密其實就是對於女人持之以恆的好色追逐不管你信不信我反正是信了。

我約一個姑娘在一個寫字樓的平層這時一個女子遞給我一張傳單上面是招生廣告看著她渴望的眼神我不得不告訴她從小我就品學兼優不過現在看來童年時我就被教化得不倫不類把假話當真話來背誦以至於在後來的人生道路上經常自覺不自覺地誤入歧途拿著不是當理說可是也不能完全怪我因為我確實信以為真我將來會做出一番多麼大的事業我比相信愛情還相信領導前面是康莊大道後面是羊腸小徑個人微不足道道可道非常道名

可名非常名現在我則非常滿意自己的一文不名每天睜眼掃街閉眼睡覺活得毫無追求只有對女人賊心不死心疼女孩兒也算我的一大優點甚至對一個風韻猶存的半老徐娘意淫她的叫床聲音嘹亮正在這時那個拿傳單的女子問我要不要我說我在幾個月前就見過你在這兒晃蕩現在你比那個時候曬黑了她有點不好意思地笑了笑說打工掙點錢真不容易豁出去青春也不見得有好收成大家都抱著好死不如賴活的想法過一天算一天過著就把自己給過老了這時我等的那個姑娘來了她和我一塊擠進了茫茫人海。

漂亮女人會給人天然的好感

我比解放碑起得早，說這話的時候我已經忽略了一個基本事實，其實解放碑根本就不睡覺。耳聞目睹一幕幕圍繞它發生的人生悲喜劇，當然這和戲劇學院學生畢業展出排練的所謂大戲有著本質區別。見怪不怪是其漸漸錘煉出來的優秀品行，快感也在沉默寡言中自行消化成為涵養的一部分使自己修行得更加品行貌端。你應該有所體會，男人這東西大多數以為身體力行才是他們的本份，任何多言多語都是不自信的表現實際上也會讓人覺得靠不住。

我對她講述這番話的時候已經從觀音橋上了輕軌前往兩路口方向，她說剛才從我曾經住過的山裡走到城裡時在微信上發現我在此地於是決定與我會合。這不由得令我想起至少是在某個時間段裡我在一個風景優美的地方看見她時眼睛一亮那種剎那間的欣喜若狂，她後來也告訴我說其實早就發了我在偷拍也半推出半就是順應了我的意願。漂亮女人會給人一種天然的好感，至少男人是這麼想保不齊女人作為同性可能會心生嫉妒不過同性相斥也十分正常。

我們在兩路口站表現出來的難捨難分事先並沒有寫好劇本所以關於類似表演的表現讓人沒有感覺到絲毫的做作，我也奇怪為什麼有時候我會把自己當成自己的一個旁觀者來反自身並且這個念頭很快就付諸行動而且好像還卓有成效。因此我看到了別人看不到的自己，變本加厲地更加發覺了自己的孤獨甚至想大哭一場狂飆的淚水和重慶雨天的淒美拼出一個高上二下。可是哭不出來的體會你有過嗎，這種出於心底裡心如明鏡的洞悉人生有時異常悲涼。

愛是一種遊戲從小我們就和某一個醜小丫過起了家家，可長大成人後真正與你過日子的那個和這個又一點也不沾邊兒。

就像我們在人潮人海中曾經相遇過什麼都沒有發生後來在某個時間接續了的真情實感卻因時過境遷不得不有所收斂個人的情緒噴張顧忌一些現實問題所帶來的困擾，我也經常把眼前的這個人疊印成那個人當我們倚著欄杆數著眼前走過的人頭然後轉場至解放碑我居住的那個看得見風景的房間數螞蟻似的人影晃動她突然湧起春潮。

美麗是一種極其徒有其表的東西就像一個人所謂的蓋棺論定也可以被歷史修改一樣有關評價也會顯得一文不名，面對解放碑的男人和女人各取所需也旗鼓相當地使個人的問題不約而同地得到了令人滿意的答案。你嚷嚷的和我想的可能真的就不是一回事兒可是也不妨礙高潮迭起這本來就是一種天才創造力的本能，男人從小到大就一直想回到母體的子宮女人則惦念出去的那個肉身重新回來因此而得到踏踏實實的安慰並因此而出神入化成為一尊神聖的雕像。

任何一個人都是出色的行為藝術家

我和她就在兩路口分了手然後各奔東西我去了鵝嶺她要前往解放碑一帶後來我尋思了一下兩路口這個名字突然意味深長起來這也讓我仔細琢磨了一下重慶對於我來講究竟是怎樣的一個地方讓我呆得那麼踏實難道僅僅是他們所說的美女嗎其實在我現在這個階段眼中的美女她媽比美女更加可愛到底什麼時候我變了口味好像也很難界定一個具體時間不過我恍然大悟山城是我人生的轉捩點比如戀愛比如工作再比如樂得其所流離失所將自己放逐還比如讓自己的心胸大開大合無不是經過了這個波瀾起伏城池的洗禮也因此讓自己豐富的內心世界豐滿得有了著落也對女人也對婚姻更對自己有了比較清醒的認知。

反觀自身，得大自在。

我走進一個老舊的廠房裡面下坡後見到了一個老朋友他現在是行為藝術家在此之前我對行為藝術很少理解但是自從我和

他在大田灣體育館旁邊的一定燒雞公喝了頓酒過後認真琢磨了一下作為藝術行為的行為藝術突然發覺我們每時每刻的行為均應該貼上藝術的標籤只是平常的日子裡我們並不在意或者不露痕跡地將自己納入一種不知不覺的藝術範疇而作為行為藝術家的他則選擇了一個寓意深遠的場所耐人尋味地將視知覺按照某種特定的邏輯結合一起其個人行為也在畫地為牢的局面中展示其表裡如一的生存法則這個時候我突然對行為藝術肅然起敬也驀地發覺人來人往中的行為藝術家並非鳳毛麟角。

再後來我和她還是在解放碑匯合於揚子島酒店2509房間她打開窗子凝神注目於眼皮底下的那個持久不衰的名為解放碑的建築物好像有了一個重大發現似地回頭對我神秘一笑說原來你一天到晚拍的這個東西就是在這個角度可是因為陰晴圓缺風起雲湧的氣候和不確定的時間裡不同的光景所看到的畫面結果

也大相徑庭想來想去可不可以問問你為什麼對這個地方情有獨鍾這個問題一經提出就將室內的氣氛弄得異常凝重我本來無心回答她因為我一向認為對於女人最好的交流就是愛或者做愛更因為女人不是用來講道理的動物只有愛和做愛才是女人最需要的東西雖然她們經常將愛物化為某種商品但是愛就是一個字。

就這樣，我給了她滿滿的愛。

躺下去戀愛，站起來做愛。

太刺激了。

等到風景都看透
就什麼都視而不見了

路燈映射下的解放碑四通八達的街道就像黃金結構成的長江奔騰不息，這時我想起了北方應該天亮得已經真相大白了，每當這時我則會拍下視窗看到的初升的太陽。然而在重慶這個地方每天掀開窗簾打望清晨被夜色洗過的解放碑的動作也似乎蓄謀已久，就這樣我挨過的時光也統統在心裡收藏化作巨大的能量以補充內心因白晝的奔波而流失的給養。

我是怎樣來到千佛寺見到一個心如明鏡的師傅的暫且不去回憶一個充分客觀的理由，拾級而上的時候也曾在心中描摹即將所見所聞會不會法相莊嚴如一尊堂而皇之雕像，然而所有的大失所望所帶來的豁然開朗卻讓人心如明鏡似地抖落了一身塵埃，其實我們每天都走在修行的路上也真的沒有必要糾結於形式上的端端正正和裝神弄鬼。

所有的茶都是水，所有的酒都不醉人，所有的咖啡也因在夜裡迷離的走訪變得另有圖謀。我在南山上凝望重慶回憶起當年的情境如果說我還喜歡那時的風景就不得不反思是不是我對年輕的追溯表現出今天情不自禁的黯然傷神。我也發覺我越來越學會的沉默不是因為言多必失而是話不投機所有的表達都會成為廢話，因此我喜歡不一定字斟句酌但言語至少不會成為噪音。

如你所雲每天的她好像都不一樣但是我又不得不告訴你她就是那個人她們也都是一個人，這個世界其實不過就是兩個人當一個人孤獨的時候就和另一個人聊聊天兒說說話而他們也許分久必合合久必分地適應了彼此但又在不同的時段場合扮演著不同的角色。我們每天都是裸體的卻要將外衣披上盡可能將自己掩飾得雍容華貴卻終究會被拍成裸照展示給後人因為歷史是不知道害羞和害臊的。

我知道你找的不是我我找的也不是你你就是你我就是我我們本來就沒什麼關係我們在一起解決的問題其實都不是問題問

題就在於所有的意義最後都歸結為苟且偷生我們對自己也不那麼苛刻了對肉身的沉重和心靈的輕盈也不會在每一回才藝表演機會都畫蛇添足地標榜自己而我在人聲鼎沸中的孤寂不免讓我倒吸一口涼氣在這個他們都難以忍受的酷暑中特立獨行。

重的慶，山的城。我不是我，你不是你。我就是我，你就是你。

生生不息……

貳零壹伍年柒月貳拾伍日初稿於重慶解放碑揚子島酒店貳伍零玖房間

RADO

大批发·大通道·大仓储
批发 零售 游乐 物流 仓储
VIP卡限量办理中
777 7788
朝天門

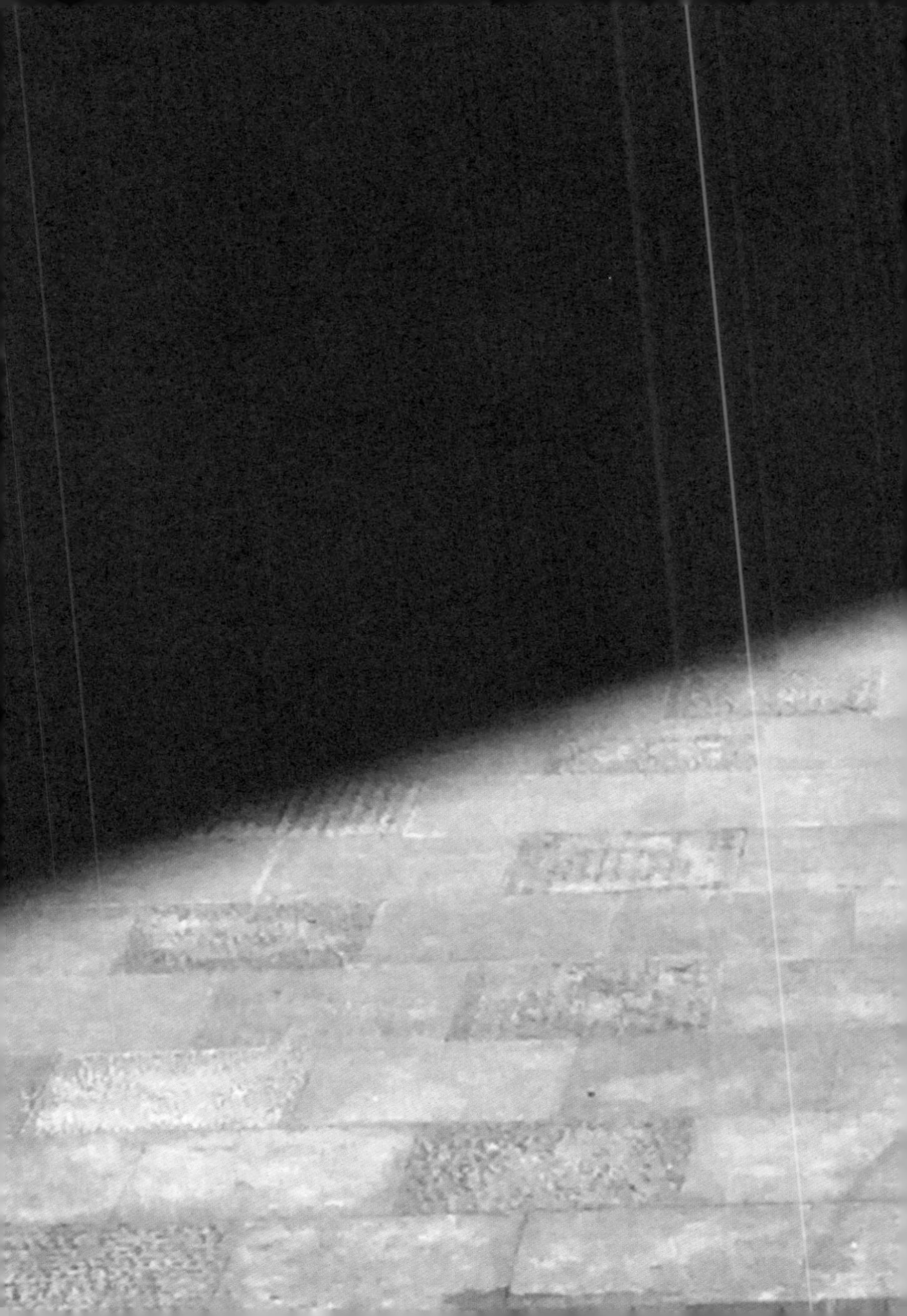

Ethiopian

Later
Last
五洲整形美容

杯
63-699

後記　城市荒野上的裸露視角

歷時兩個月，我所謂的小說《重慶情書》終於告一段落了。我每天行行攝色的一部分然後再以極端個人的書寫方式描述出來本能地再加入個人思考稱之為文學作品也不算牽強，這已經成為我的生活方式所以寫了來也並不覺得費勁兒了。

寫重慶緣於北京竹園賓館和朱鷹@四月天先生的一個下午茶，當時他約我寫一本書，我給他講了一個故事，於是就確定了寫《重慶情書》這個事情。現在看來，我所寫的東西與對他講的故事還是有很大差距的。原來考慮以重慶為大背景再寫到其他地方，可是寫著、寫著就走不出去了。

不得不承認，重慶是一個有魅力的城市。不光是這裡的美女，還有此地顫抖的空氣。

朱先生說我寫的東西有點兒像詹姆斯·喬伊絲，也像亨利·米勒，對此我表示非常慚愧，因為在此之前對這兩位大師著實沒有關注過只是道聽塗説，我個人的偏好是布魯諾．舒爾茨。並沾沾自喜於喜歡他的還有卡夫卡和普魯斯特。

在重慶的每一天我幾乎都看得見解放碑，也終於知道了它原名為「抗戰勝利紀功碑」。我本不想人云亦云解放碑的象徵意義，每天從一個俯瞰的角度看它還是有些心領神會的暗示。可是就在《重慶情書》完成的這一天晚上，微醺的我和幾個小夥伴圍著解放碑打望，突然感到解放碑像個漩渦。

解放碑本身就在漩渦的中心，人潮流人海打這裡進去出來和出來進去。尤其是臨近子夜的散場行人就像滔滔江水從解放碑向四面八方傾瀉。琢磨一下，這漩渦更像火鍋，所以我固執地認為，這個城市的茶和咖啡都不如火鍋有味道。

就像我每天晚上的入睡都是以擁抱的姿態進入夢鄉一樣，每天清晨我都以晨勃的節奏迎來了新的一天。生活以其本身的邏輯按部就班，並非編好了故事情節讓你大書特書。所以，我的描繪也有許多蓄謀已久的意淫你可能舒服也可以厭惡，不過對於我這個日益皮糙肉厚的人來講真的不是一個事兒。

如果有興趣，你可以在我的字裡行間感受情緒，感受精神。或者，感受神經病。

有人說我是以一種批判現實主義的超現實主義精神來描述內心世界的美麗與哀愁。說得竟然這麼奇絕高冷。

謝謝了！

茶

阅读改变生活
精典書店

重庆老火锅

布潤文化
Bring Culture
特 別 製 作

國家圖書館出版品預行編目（CIP）資料

重慶情書 / 張新波著 .
-- 第一版 . -- 臺北市 : 樂果文化出版 : 紅螞蟻圖書發行 ,
2017.10
面 ; 公分 . --（ 樂繽紛 ; 41）
ISBN 978-986-95136-6-1(平裝)

855 106016622

樂繽紛 41

重慶情書

作者 / 張新波
總編輯 / 何南輝
行銷企劃 / 黃文秀
封面設計 / 智行大設計師 楊斌
裝幀設計 / 琥珀視覺 Amber Design
內頁設計 / 公子歌

出版 / 樂果文化事業有限公司
讀者服務專線 / （ 02 ）2795-3656
劃撥帳號 / 50118837 號 樂果文化事業有限公司
印刷廠 / 卡樂彩色製版印刷有限公司
總經銷 / 紅螞蟻圖書有限公司
地址 / 台北市內湖區舊宗路二段 121 巷 19 號（ 紅螞蟻資訊大樓 ）
電話 / （ 02 ）2795-3656
傳真 / （ 02 ）2795-4100

2017 年 10 月第一版 定價／ 300 元 ISBN 978-986-95136-6-1